Klarant Verlag

***Ele Wolff*** lebt in Ostfriesland. Auch wenn sie keine waschechte Ostfriesin ist (in Frankfurt/Main geboren) betrachtet sie sich doch als Gesinnungsostfriesin und gibt sich ganz ihren kriminellen Energien hin. Ele Wolff: »In Ostfriesland, hinter den Deichen, im Watt und auf den Inseln geschehen manche unheimlichen Dinge, von denen niemand etwas weiß. Deshalb liebe und schreibe ich Krimis und andere Geschichten. Ich kann meine Gedanken ausleben, die man im wahren Leben nicht so leicht findet oder die unangebracht sind. Ich kann unliebsame Ehemänner oder Chefs entsorgen, reich durch Erbschaft werden oder einfach in einen anderen Erdteil flüchten.«

Ele Wolff



# Ebbe und Wut

## Ostfrieslandkrimi

Klarant Verlag

Klarant Verlag, www.klarant.de – www.ostfrieslandkrimi.de
ISBN: 978-3- 96586-206-7
1. Auflage 2020
Umschlagabbildung: Klarant Verlag

Printed in the EU.

## 1. Kapitel

Mit leicht gerötetem Gesicht stand Antje Reentsma hinter dem Rezeptionstresen des Nordsee-Hotels auf Borkum. Sie verabschiedete gerade ein Ehepaar aus Dortmund, welches bereits zum fünfzehnten Mal seinen Urlaub in dem Hotel direkt an der Promenade verbracht hatte. Zwei Frauen kamen die Treppe herunter, nickten freundlich und begaben sich in den Frühstücksraum, um dort mit einem reichhaltigen Frühstück mit Blick auf die Nordsee einen weiteren Urlaubstag zu beginnen.

Nachdem alle abreisenden Gäste die Hotellobby verlassen hatten, lehnte sich die junge Frau mit einem leichten Seufzer zurück und blickte leicht angespannt aus dem Fenster. Es hatte wieder angefangen zu nieseln, der Himmel war wolkenverhangen. Das passte genau zu ihrem seelischen Zustand, stellte sie lakonisch fest. Grau und aussichtslos. Bis jetzt hatte sich der März nicht von seiner frühlingshaften Seite gezeigt. Heftige Windböen fegten über die Insel und wirbelten den Sand am Strand auf. Sogar das Fahrradfahren war mühsam und man kam nur mit erheblichen Kraftanstrengungen voran.

Antje fühlte sich müde und in ihren Schläfen pochte es verdächtig. Alles, was sich in den letzten Wochen ereignet hatte, überstieg ihre Kräfte. Insgeheim befürchtete sie, irgendwann endgültig die Nerven zu verlieren. Und dann noch die letzte schlaflose Nacht mit Grübeleien und rasenden Gedanken. Nur nicht jetzt eine Migräne bekommen, betete sie innerlich und massierte ihren Nacken. Den vergangenen Abend hatte sie damit verbracht, sich erbittert mit ihrem Freund über eine zukünftige gemeinsame Lebensgestaltung zu streiten.

Antje war es leid. Jörg hatte zum wiederholten Mal versucht, sie zu einem Umzug aufs Festland zu bewegen. Aber selbst wenn sie wollte, ihre Großmutter brauchte sie, denn diese war pflegebedürftig und auf die Hilfe ihrer Enkelin angewiesen. Ihr Lebensgefährte verstand das nicht und deshalb …

»Antje«, rief Inka und nahm zwei Stufen auf einmal die Treppe herunter, die in den ersten Stock zu den Gästezimmern führte. »Du musst mal kommen, schnell.«

»Du hast mich zu Tode erschreckt«, stöhnte Antje und sah das Zimmermädchen an, das mit beiden Händen aufgeregt fuchtelnd vor ihr stand. »Wieso bist du so hektisch? Was ist denn überhaupt …«

»Er liegt da oben und stöhnt«, unterbrach sie Inka. »Herr Solano … ich habe mich gewundert, warum er nicht zum Frühstück … Jetzt mach doch was. Ich glaube, er stirbt.«

»Was?« In diesem Augenblick war Antje hellwach. »Warte.« Sie griff zum Telefon und wählte eine Nummer. »Chef? Sie müssen schnell nach vorne kommen. Inka hat gesagt, es ist was mit dem italienischen Gast … ja, ist gut.«

»Er kommt«, teilte die junge Hotelangestellte dem Zimmermädchen mit.

Schon nach einer Minute kam Fokke Schmidt, der Direktor des Hotels, angelaufen. »Was ist los?« Der große, blonde Mann sah die beiden Frauen an. »Und?«

Inka fasste sich als Erste. »Kommen Sie«, rief sie und rannte die Treppe nach oben. Schmidt folgte ihr mit großen Schritten. Vor einer der Zimmertüren blieben sie stehen. »Ich bin einfach rein und da …«, stotterte Inka.

Atemlos kam Antje angerannt. »Was ist denn?«, raunte sie und stützte sich am Türrahmen ab.

Mit einer behutsamen Bewegung öffnete Fokke Schmidt die Tür. Das Zimmer lag im Halbdunkel. Der Mann auf dem Bett atmete schwer.

»Antje, ruf sofort den Notarzt«, raunte Schmidt, lief zum Bett seines Gastes und ging in die Knie. »Herr Solano? Was ist mit Ihnen? Sind Sie krank? Keine Sorge, wir haben bereits einen Arzt gerufen.« Schmidt bemühte sich, Einzelheiten im Gesicht des Mannes zu erkennen. »Ich werde mal etwas Licht hereinlassen«, flüsterte er und wollte aufstehen.

Der Mann auf dem Bett schüttelte fast unmerklich den Kopf. Er hob langsam den rechten Arm und machte Schmidt ein Zeichen, näher zu kommen. Dieser beugte sich nach vorne und hielt sein Ohr ganz nah an den Mund des Mannes.

Inka stand ängstlich im Türrahmen und beobachtete die Szene. »Was ist mit ihm?«, flüsterte sie und wich einen Schritt zurück.

Ein paarmal versuchte der Mann im Bett, etwas zu sagen, aber immer wieder kam nur ein leichtes Röcheln aus seinem Mund.

»Sagen Sie nichts«, bat der Hoteldirektor. »Es strengt Sie zu sehr an.« Herr Solano wandte ein wenig den Kopf und flüsterte wieder ein paar Worte. Schmidt lauschte angespannt und runzelte dann die Stirn. »Ja, wenn Sie möchten, aber …«

Der Mann in dem Hotelbett krallte sich jetzt am Hemd des Unternehmers fest, der vor seinem Bett kniete, und flüsterte mit sichtlich großer Anstrengung ein paar weitere Worte.

»Ja«, nickte Fokke Schmidt, »ich verspreche es. Aber erst müssen wir …«

Mit einem leichten Aufschrei hob der Mann ein wenig den Kopf, um kurz darauf in die Kissen zurückzufallen. »Herr Solano?«, sagte Schmidt mit gedämpfter Stimme und schob seine Hand unter die Schulter des Mannes. »Vielleicht sollten Sie sich ein wenig aufsetzen? Dann bekommen Sie sicherlich besser Luft.«

Der Angesprochene bewegte sich nicht mehr. Seine Augen blickten an Schmidt vorbei ins Leere. Als der Hoteldirektor seine Hand zurückzog, war diese voller Blut.

## 2. Kapitel

»Jetzt mach schon«, drängelte Janneke Hoogestraat und stupste ihren Onkel an. »Die Fähre wartet nicht auf uns.« Sie standen am Emder Außenhafen am Borkumanleger.

»Ja, ja … jetzt mach mal nicht so eine Hektik.« Hinrich Hoogestraat nahm seinen Rollkoffer und folgte seiner Nichte über die Gangway zum Eingang des Schiffes.

Mit einem freundlichen »Moin« nahm der Bedienstete der Reederei AG Ems die Fahrkarten von Hinrich entgegen und entwertete sie, während Janneke sich mit einer Hand am Geländer festhielt, um nicht hinzufallen.

»Das hast du davon«, brummte Hinrich. »Mit diesen ollen Schuhen sollte man nicht auf ein Schiff steigen. Die sind ja lebensgefährlich.« Missbilligend sah er auf die Schuhe seiner Nichte mit den mörderisch hohen Absätzen. »Irgendwann brichst du dir noch den Hals oder kugelst dir ein Gelenk aus.«

Wütend sah ihn die junge Ostfriesin an. Sie kannte die Stänkereien ihres Onkels, der keinerlei Verständnis für ihre Leidenschaft, High Heels zu tragen, hatte. Nur, wenn es wirklich nicht anders ging, wich Janneke auf etwas bequemere Schuhe aus, aber nur sehr ungern. Denn sie war der festen Meinung, dass sie in flacheren Schuhen wie ein Trampeltier aussah. Deshalb kam für sie kein anderes Schuhwerk infrage. Sie schämte sich auch nicht dafür, dass sie über vierundsiebzig Paar High Heels in allen erdenklichen Farben und Ausführungen ihr Eigen nannte, die in einem hohen, breiten Regal zu Hause darauf warteten, von ihrer Besitzerin getragen zu werden. »Du hast ja keine Ahnung. Außerdem wirke ich dadurch größer«, zischte sie und stöckelte voran in den Fahrgastraum.

Hinrich folgte ihr wortlos, nachdem er das Gepäck in die dafür vorgesehenen Regale im Gepäckraum der *MS Ostfriesland* verstaut hatte.

»So, das hätten wir«, stöhnte er und ließ sich auf die Polsterbank nieder. »Wie lange fährt das Ding überhaupt nach Borkum?«

»Die Fähre braucht gut zwei Stunden«, informierte Janneke ihren Onkel und streifte unter dem Tisch ihre Schuhe ab.

Hinrich entledigte sich seiner Jacke und krempelte seine Hemdsärmel hoch. »Jetzt erzähl mir noch mal, warum wir auf die Insel fahren müssen.«

Janneke grinste freundlich. »Du musst überhaupt nicht auf die Insel, aber du ja wolltest unbedingt mit.«

»Gut, dann will ich es mal korrekter ausdrücken. Warum musst du zur Insel?«

»Ich werde bei den Vorbereitungen zum hundertdreißigjährigen Jubiläum des Nordsee-Hotels helfen. Flyer entwerfen, Einladungen vorbereiten und so weiter. Ich habe auch meinen Laptop dabei, vielleicht kann ich nach Feierabend ein paar Worte in meinem aktuellen Manuskript schreiben.«

Hinrich lachte. »Das beruhigt mich aber, dass du nicht vergessen hast, dass du Krimiautorin bist.«

»Wie könnte ich das vergessen, aber«, meinte Janneke und hob den Finger, »es ist schön, wenn man auch mal etwas anderes machen kann. Erstens fördert die Abwechslung die Kreativität und führt mich außerdem noch auf einen der schönsten Fleckchen dieser Erde.«

»Ja, da hast du recht«, stimmte ihr Hinrich zu und nahm seine Jacke. »Ich geh mal an Deck.«

»Ist gut.« Die junge Frau öffnete ihre Tasche und nahm einen Schnellhefter heraus. Sehr konzentriert beschäftigte sie sich mit den Unterlagen, die sie im Vorfeld des aktuellen Auftrages zusammengestellt hatte.

Janneke genoss es, ihre Zeit frei einteilen zu können. Sie selbst entschied, welchen Auftrag sie neben ihrer schriftstellerischen Tätigkeit annahm und wie viel Zeit sie dafür veranschlagte. Vor Jahren hatte sie mal einen Auftrag in Bayern angenommen. Sie sollte dort für ein neues Restaurant eine Werbekampagne entwerfen und organisieren. Das Ganze verzögerte sich um zwei Wochen, weil noch während der Vorbereitungen zur Eröffnung ein Heizkörper geleckt hatte und der Schaden an den Fußböden behoben werden musste. Janneke war über den Zwischenfall mehr als frustriert gewesen, denn sie plagte unbändiges Heimweh nach Ostfriesland. Es war nicht nur Onkel Hinrich, um den sie sich Sorgen machte, sondern auch die Sehnsucht nach dem flachen Land, dem steifen Wind und der weiten Sicht. Von da an achtete sie darauf, dass ihre Arbeit sie nicht allzu weit von zu Hause wegführte und sie, wenn es denn nötig sein sollte, mit ihrem alten Citroën innerhalb kürzester Zeit wieder zu Hause sein konnte.

»Träumst du schon wieder?« Hinrich kehrte zurück und ließ sich auf der Sitzbank nieder. »Von Deck aus habe ich die Insel schon gesehen.«

»Dann sind wir ja bald da.«

Nach knapp zwei Stunden Fahrzeit legte die »Ostfriesland« am Außenanleger in Borkum an. Janneke und Hinrich verließen die Fähre und bestiegen einen Waggon der Borkumer Kleinbahn, die sie in den Ort brachte.

»Und wie weit ist es bis zum Nordsee-Hotel?«, wollte Hinrich wissen, als sie den Bahnhof erreicht hatten. Eisern hielt der Rentner seinen Koffer und seine Mütze fest. »Ganz schön windig hier.«

»Wir müssen nur die Bismarckstraße hochgehen und dann um die Ecke. Und schon sind wir da.«

Nach knappen zehn Minuten betraten die beiden das Hotel.

»Was ist denn hier los?«, wunderte sich Janneke, als sie die Lobby betraten. Mehrere Männer mit Kisten und Taschen in der Hand verließen das Hotel. Einer der Männer drehte sich kurz um und raunte einem anderen etwas zu.

Janneke trat etwas zur Seite und sprach die junge Frau an der Rezeption an, die gerade ein Telefongespräch beendet hatte. »Moin.«

»Moin. Sie müssen diese Unruhe entschuldigen«, bat die Angestellte. »Wir hatten einen kleinen Zwischenfall. Wie kann ich Ihnen helfen?«

»Mein Name ist Janneke Hoogestraat und das ist mein Onkel Hinrich Hoogestraat. Wir hatten reserviert.«

Der Rentner war neben Janneke getreten und nickte nur kurz mit dem Kopf.

Janneke konnte dem dezenten Namensschild an der Bluse der Rezeptionistin entnehmen, dass es sich um Maria Schuster handelte. Sie stellte ihren Koffer ab. »Es wäre nett, wenn Sie Herrn Schmidt sagen, dass wir angekommen sind. Er weiß dann schon Bescheid.«

»In Ordnung. Einen Moment.« Die Mitarbeiterin sprach ein paar leise Worte in den Hörer und legte dann auf. »Herr Schmidt kommt gleich. Nehmen Sie doch noch einen Moment Platz.«

Sie zeigte auf die Sitzgruppen in der Hotelhalle. »Es dauert nicht lange.«

»Ist das der Chef, auf den wir warten?«, flüsterte Hinrich seiner Nichte zu und beobachtete das Treiben in der Halle. »Was ist denn hier passiert?«

Neugierig sah sich Janneke um. »Keine Ahnung, aber normalerweise ist es hier sehr ruhig.«

»Du warst schon mal hier?« Erstaunt sah Hinrich seine Nichte an.

»Im letzten Jahr. Ich hatte einen Artikel für ein Reisemagazin verfasst«, erklärte Janneke. »Die Redaktion hatte netterweise hier im Hotel an der Strandpromenade ein Zimmer für mich gebucht.«

»Das hatte ich überhaupt nicht mehr auf dem Schirm«, zuckte Hinrich mit den Schultern. »Ist ja auch egal, aber …«

Weiter kam er nicht. Janneke war aufgesprungen und lächelte Fokke Schmidt an, der auf sie zueilte und sie umarmte. »Du musst entschuldigen, Janneke. Unser Wiedersehen hätte ich mir auch wirklich anders vorgestellt.«

»Das ist doch nicht schlimm«, entgegnete sie und zog Hinrich an ihre Seite. »Darf ich dir Fokke Schmidt vorstellen? Er ist hier der Chef, und das ist mein Onkel Hinrich Hoogestraat. Er hat liebevoll darauf bestanden, mich zu begleiten.«

»Moin Herr Hoogestraat«, begrüßte Schmidt den älteren Herrn. »Es tut mir leid, dass Sie dieses Durcheinander mitbekommen.«

»Ist doch nicht schlimm«, winkte Hinrich ab.

»Fokke, was ist denn nun hier ...«, versuchte Janneke etwas Näheres zu erfahren.

»Erzähle ich dir später«, vertröstete sie der Hoteldirektor. »Ich denke, das wird dich als Autorin von Kriminalromanen brennend interessieren.« Er winkte Maria zu. »Maria, händigst du bitte den Herrschaften ihre Schlüsselkarten aus?«

»Am besten«, wandte er sich an Janneke, »du gehst erst mal auf dein Zimmer. Wir treffen uns in einer Stunde in meinem Büro. Du weißt ja noch, wo das ist?« Er zeigte auf den langen Flur, der in den hinteren Bereich des Hotels führte.

»Ja, das weiß ich noch«, sagte sie. »Wir gehen erst mal nach oben.«

»Ich für meinen Teil werde erst mal zum Strand gehen«, teilte Hinrich seiner Nichte mit. »Der Regen hat ja zum Glück aufgehört. Ich bringe meine Sachen nach oben und dann gehe ich los.«

Er griff nach seinem Rollkoffer und ging die paar Treppenstufen zum ersten Stock.

»Wir sehen uns dann später«, sagte Janneke und folgte ihrem Onkel.

»Bis gleich«, nickte Schmidt.

Ein großer, kräftiger Mann trat hinter den Hotelier und legte seine Hand auf dessen Schulter. »Entschuldigung. Ich habe noch ein paar Fragen.«

»Ja, ich komme.« Der Hoteldirektor folgte dem Mann in den Frühstücksraum.

Eine Stunde später klopfte Janneke an die Bürotür des Hotelchefs. »Komm rein«, rief Schmidt und sie betrat das Büro. »Setz dich doch«, bat Fokke und lehnte sich zurück. »Das ist vielleicht eine Aufregung, aber ich denke, die anderen Gäste haben nicht allzu viel davon mitbekommen. Obwohl sich das jetzt zügig ändern wird, denn die Polizei befragt alle, ob sie etwas Außergewöhnliches bemerkt haben.«

»Ach du lieber Himmel.« Janneke schob den Stuhl vor Schmidts Schreibtisch zurecht und setzte sich. »Was ist denn passiert?«

»Heute Morgen ist ein Gast bei uns verstorben«, berichtete der Hoteldirektor mit besorgter Miene.

»War er denn krank?«

»Ich weiß es nicht. Er wirkte immer sehr gesund und agil.«

»Kanntest du ihn gut?«

»Herr Solano war ein außergewöhnlicher Mensch, ja, ich denke, so könnte man ihn beschreiben. Er trug immer einen weißen Schal, seine Haare und sein Bart waren schneeweiß. Ruhelos ist er täglich über die Insel gestreift und hat sich mit vielen Menschen unterhalten. Früher war er Mitglied des Kurorchesters auf Borkum. Das muss vor ungefähr sechzig Jahren gewesen sein. Weißt du, was er mal gesagt hat, als wir uns über Musik unterhalten haben? Er sagte: *Musiker müssen nach Vollkommenheit streben.*« Schmidt lächelte. »Herr Solano wirkte hin und wieder ein bisschen egozentrisch und schien nie müde zu werden, die Insel zu erkunden, und das in seinem Alter. Immerhin war er schon achtundachtzig Jahre alt. Aber was genau mit ihm geschehen ist, kann ich dir nicht sagen, die Polizei kümmert sich gerade darum.«

»Eventuell vermutet die Polizei ein Verbrechen«, überlegte Janneke. »Erzähl doch einfach mal der Reihe nach, was geschehen ist.«

»Es war so … heute Morgen so gegen neun Uhr kam unser Zimmermädchen Inka aufgeregt angerannt. Sie vermutete, dass mit dem Gast Solano etwas nicht stimmte. Ich bin dann in Begleitung von Antje und Inka raufgegangen. Der Gast ist …

oder besser war ein italienischer Musiker und seit ungefähr fünf Jahren Stammgast in unserem Haus.«

»Und was hast du im Zimmer vorgefunden?«

»Als wir den Raum betreten hatten, hörten wir, wie der Mann gestöhnt hat. Mir war sofort klar, dass etwas nicht stimmt. Antje ist los, um einen Notruf abzusetzen. Ich bin zu ihm hin und habe mich zu ihm hinuntergebeugt. Er hat mir ein Zeichen gemacht, ich sollte noch näher kommen. Herr Solano hat leise etwas geflüstert, das ich allerdings nicht verstanden habe. Ich bin noch näher an ihn ran. Zuerst habe ich immer noch nicht begriffen, was er mir sagen wollte, aber dann habe ich kapiert, um was es ging.«

Janneke rutschte auf ihrem Stuhl etwas nach vorne. »Was hat er dir gesagt?«

»Er sagte: *Finden Sie Isabella ... hier auf der Insel. Ich konnte sie nicht finden.*« Schmidt runzelte die Stirn. »Ich war auch ziemlich aufgeregt. Er sagte dann noch etwas ... *Sagen Sie ihr, es tut mir leid. Versprechen Sie mir das.* Natürlich habe ich ihm das versprochen.«

»Und was passierte dann?«

Schmidt räusperte sich. »Ich wollte ihm helfen, sich ein wenig aufzusetzen, damit er besser Luft bekommt. Sein Rücken ... meine Hand war voller Blut. Ich glaube, da war er bereits tot.« Nachdenklich stützte er seinen Kopf auf. »Dann kam auch schon der Notarzt.«

Einen Moment war es still im Raum. »Wer kann das sein, diese Isabella?«, murmelte Janneke schließlich. »Das muss sehr wichtig für ihn gewesen sein, wenn er in seinen letzten Minuten an diese Frau denkt. Aber wer ist diese Frau und was soll sie ihm verzeihen?«

»Keine Ahnung, wen er damit gemeint hat«, seufzte Fokke Schmidt. »Ich kenne hier auf Borkum keine Isabella, jedenfalls nicht auf Anhieb.«

Janneke grübelte. »Wir wissen noch nicht einmal, ob es sich um eine junge oder ältere Frau handelt und ob sie sich auf der

Insel aufhält. Sie könnte sonst wo sein. Hast du sonst keinen weiteren Anhaltspunkt?«

»Nein, es waren nur die paar Worte, die er geflüstert hat«, sagte der Hotelier. »Mein Versprechen werde ich sicherlich nicht einlösen können.« Bedauern lag in seiner Stimme. »Sag mal, Janneke, du schreibst doch Kriminalromane?«

»Ja, das stimmt«, antwortete die junge Frau und ahnte, worauf Fokke hinauswollte.

»Dann kennst du dich ja mit ungewöhnlichen Todesfällen aus. Könntest du mir nicht helfen, Isabella zu finden? Vielleicht können wir auch herausbekommen, was mit Herrn Solano geschehen ist.«

Ohne zu zögern, stimmte Janneke zu.

***

»Ich weiß gar nicht, mit was ich anfangen soll«, stöhnte Hinrich am nächsten Morgen und lief an dem üppigen Frühstücksbüfett entlang. »Ich würde am liebsten alles probieren.«

»Mach das doch so«, empfahl Janneke ihrem Onkel, »du fängst an einem Ende an und arbeitest dich bis zum anderen Ende durch.« Lächelnd widmete sie sich ihren Rühreiern mit Speck.

»Du spinnst doch. Das sind so viele Köstlichkeiten, da kann man gar nicht alle probieren.«

Nachdem der Rentner nach langen Überlegungen seine Auswahl getroffen hatte, setzte er sich zu seiner Nichte an einen der Fenstertische. »Ein herrlicher Ausblick«, schwärmte Hinrich und sah zum Strand, an dem sich einige Gäste den frischen Märzwind um die Nase wehen ließen. »Frühstück mit Meerblick, das lasse ich mir gefallen.«

»Stimmt, das ist beeindruckend«, stimmte ihm Janneke zu, »das haben wir nicht alle Tage.«

Bedächtig schnitt sie ein Brötchen auf und belegte es mit einer Scheibe Lachs. »Gehst du heute wieder an den Strand?«

»Auf alle Fälle«, nuschelte Hinrich mit vollem Mund. »Ich habe gestern schon ein paar ältere Borkumer kennengelernt. Die treffen sich immer an den Bänken an der Wilhelmshöhe zwischen Nord- und Südstrand. Gestern haben sie mir schon viel über die Insel erzählt. Man erfährt ja viel mehr über Borkum, wenn die Insulaner über Land und Leute reden.« Er biss herzhaft in eine Scheibe Weißbrot, die er dick mit Gouda belegt hatte. »Wirklich interessant.«

»Sehr gut«, nickte Janneke, »dann bist du ja beschäftigt.«

»Mach dir um mich keine Sorgen, aber du bist doch schon wieder auf Schnüffeltour? Die ganze Insel spricht von dem Todesfall hier im Hotel. Ich habe dich ja gestern nicht mehr zu fassen gekriegt.«

»Ich hatte mich ein bisschen hingelegt und bin später noch ein wenig durch die Stadt geschlendert. Eigentlich wollte ich von Fokke wissen, was genau geschehen ist, aber er hatte alle Hände voll zu tun. Die Polizei war den ganzen Tag im Haus. Und die Gäste, die besorgt waren … Du kannst dir das ja vorstellen.«

»Und jetzt weißt du immer noch nichts Genaues?«

»Ich weiß nur so viel, dass ein Gast gestern Morgen hier im Hotel in seinem Zimmer verstorben ist. Das Zimmermädchen hat ihn vermisst und nach ihm gesehen. Sie bemerkte, dass etwas nicht in Ordnung ist, und hat ihren Chef geholt. Mehr kann ich dir nicht sagen. Aber vielleicht erfahre ich heute mehr.«

Mit großen Schlucken leerte Hinrich ein Glas Orangensaft. »Vitamine sind gut für die Knochen«, nuschelte er und stellte das Glas ab. »Wahrscheinlich wirst du deine Erlebnisse hier auf der Insel wieder in einem deiner Bücher verarbeiten«, vermutete der Rentner. »Hauptsache, du kannst deinen kriminellen Neigungen nachgehen. Ich für meinen Teil werde die Schönheiten der Insel genießen.«

»Gehst du gleich nach dem Frühstück los?«

Hinrich nickte. »Ich will doch jede Minute an der frischen Seeluft ausnutzen.« Mit spitzen Fingern ließ er zwei Stück

Würfelzucker in seinen Kaffee gleiten. »Wusstest du, dass die Borkumer ihre Insel als den schönsten Sandhaufen der Welt bezeichnen?«

»Ja, ich habe das irgendwann mal gehört.« Janneke überlegte, ob sie sich noch eine Portion des leckeren Obstsalats vom Buffet holen sollte, entschied sich aber dagegen. Sie wusste, wenn sie zu viel aß, konnte sich das auf ihre Konzentration negativ auswirken und dies wäre im Moment sehr ungünstig.

Nachdem Hinrich zu Ende gefrühstückt hatte, sprang er auf. »Ich bin dann mal weg und du …«, er hob mahnend seinen Zeigefinger, »und du machst keine Dummheiten, kriminaltechnisch gesehen.«

Janneke musste lachen und sah ihrem Onkel nach, der mit federnden Schritten den Frühstücksraum verließ.

Zwei Stunden später verließ Janneke ebenfalls das Nordsee-Hotel und ging hinunter zur unteren Promenade. Das Wasser hatte sich weit zurückgezogen. Janneke konnte deutlich die Rillen des Watts sehen, welches die Nordsee bei Ebbe freigegeben hatte. Das Naturschauspiel der Gezeiten war etwas, was sich immer wiederholte, egal was auf der Welt passierte, philosophierte die junge Frau. Auch wenn ein Verbrechen geschehen war, das Meer blieb unbeirrt in seinem Rhythmus.

Einen Moment sah Janneke noch aufs Wasser, dann stieg sie die Treppen zur oberen Promenade nach oben und lief zur Bismarckstraße. Im Café Strandläufer setzte sie sich ans Fenster und bestellte einen Latte macchiato. In zehn Minuten war sie hier mit Fokke verabredet, der gestern versprochen hatte, ihr nach seinem Besuch bei der örtlichen Polizeistation und einem Gespräch mit dem zuständigen Hauptkommissar ein paar Einzelheiten über den Tod des italienischen Gastes zu verraten.

Janneke dachte an den Doppelmord auf der Insel Spiekeroog vor längerer Zeit. Auch damals hatte sie die landschaftliche Idylle mit einem grausigen Verbrechen nur schwer in ihrem Kopf zu einer Einheit bringen können. Der Kontrast zwischen diesen beiden gegensätzlichen Dingen war einfach zu groß und …

»Entschuldigung«, unterbrach der Hotelier die Gedanken der jungen Frau und setzte sich zu Janneke. »Hast du lange warten müssen?«

»Nein«, lächelte sie. »Hier ist es doch gemütlich und mir wird die Zeit nie lang. Ich nutze jede Gelegenheit, Menschen zu beobachten oder meinen Gedanken nachzugehen. Das ist unerlässlich für meine Autorentätigkeit.«

»Dann bin ich ja beruhigt«, schmunzelte Schmidt und drehte sich um. »Rico, bringst du mir bitte einen Cappuccino?«, wandte sich der Hoteldirektor an den jungen Mann hinter dem Tresen. Er wandte sich wieder der jungen Frau zu. »Es hat ein bisschen gedauert, aber ich konnte Kalle Bakker ein paar Infos aus der Nase ziehen.«

»Ist das der Hauptkommissar hier auf der Insel?«

Fokke nickte. »Ich kenne ihn schon lange, deshalb war er ein bisschen auskunftsfreudiger.«

Mit dem langen Löffel nahm Janneke ein wenig Milchschaum der italienischen Kaffeespezialität und schob ihn in den Mund. »Oh, ist das lecker«, seufzte sie, »ich steh total drauf.« Sie legte den Löffel wieder auf die Untertasse. »Jetzt spann mich nicht so auf die Folter. Du musst mir haarklein berichten, was die Polizei dir verraten hat.«

»Ich bin wirklich froh, dass du mir hilfst«, sagte Fokke erleichtert. »Immerhin habe ich es dem Mann versprochen.«

Janneke lächelte. »Das bekommen wir schon hin. Jetzt sag schon, was hast du erfahren?«

»Also, es war kein Raubmord. Leonardo Solanos Brieftasche, Uhr und Mobiltelefon konnte die Polizei in seinem Zimmer sicherstellen. Solano beziehungsweise seine Leiche wurde ja noch gestern zum Festland gebracht und ist bereits heute Morgen obduziert worden.«

»Und?«

»Er ist innerlich verblutet. Man hat ihm im hinteren Schulterbereich eine Stichverletzung zugefügt. Die Tatwaffe war nach den ersten Erkenntnissen ein langer, dünner Gegenstand mit einer sehr dünnen und spitzen Klinge. Zum Beispiel ein Stilett. Kalle sagte, man braucht mit solch einem Gegenstand nicht viel Kraft, um jemandem eine Verletzung zuzufügen.«

»Erstochen?« Janneke riss die Augen auf. »Den Todeszeitpunkt kennen wir ja genau, du warst ja dabei. Wann war das genau?«

»Ziemlich genau um acht Uhr dreißig.«

»Dann muss ja jemand kurz vorher in seinem Zimmer gewesen sein und …«

»Nein«, unterbrach er Janneke. »Er ist ganz langsam durch ein verletztes Gefäß innerlich verblutet. Der Gerichtsmediziner ist der Ansicht, dass der Tatzeitpunkt mehrere Stunden zurückliegen muss. Er ist letztlich an dem hohen Blutverlust gestorben.«

»Wie viele Stunden? Zwei oder drei?«

»Nein, der Tatzeitpunkt und der Tod könnten ungefähr sieben bis neun Stunden auseinanderliegen. Durch den Stich wurde ein Blutgefäß verletzt und das Blut ist über mehrere Stunden aus einer kleinen Wunde aus dem Blutkreislauf in das Gewebe und in die Zwischenräume der Organe gesickert. Nach außen ist nicht viel gelangt. Der Tod tritt dann letztlich durch einen Kreislaufzusammenbruch ein.«

»Sieben bis neun Stunden?«, murmelte Janneke, »das kann also durchaus am Abend vorher um Mitternacht gewesen sein. Ist Herr Solano oft abends noch so spät ausgegangen?«

»Jeden Abend hat er in einem der Insellokale zu Abend gegessen und sich dort mit anderen Gästen unterhalten. Er war als junger Mann einen Sommer lang auf der Insel und hat im Ensemble des Kurorchesters mitgespielt.«

»Du meinst, die Musiker in dem Rondell unten an der Promenade?«

»Ja, da wurde auch Musik gemacht«, nickte Fokke. »Es gab aber auch noch einen großen Saal unten in der Wandelhalle.

Dort gab es die Konzerte, Tanztees und andere Veranstaltungen. Sogar bei uns im Hotel spielte früher ein Orchester, später auch im *Grünen Teppich*, ein Abendlokal bei uns unten im Hotel. Ich kann dir sagen, es war wirklich viel los. Aber im Laufe der Jahrzehnte hat sich vieles verändert und die Gäste legen heute mehr Wert auf Kur und Erholung.«

»Und Leonardo Solano war all die Jahrzehnte nicht auf der Insel.«

»Nein, soviel ich weiß nicht«, erzählte er. »Solano hat mir mal erzählt, dass er erst wieder zur Insel gereist ist, als seine Frau verstorben war. Seitdem kam er manchmal zwei bis drei Mal im Jahr.«

»Und wie wir jetzt wissen, hat er jemanden gesucht.«

»Und nie gefunden, aber ob …« Fokkes Telefon klingelte. »Ja?« Erstaunt sah er Janneke an. »Ja … in Ordnung. Bin gleich da.«

»Was ist denn?«

»Die Tochter von Herrn Solano ist eben angekommen. Sie wartet im Hotel und will mit mir sprechen.«

## 3. Kapitel

Mit beiden Händen raffte Hinrich Hoogestraat seinen Kragen vorne zusammen und lief gegen den Wind in Richtung des Restaurants *Heimliche Liebe*, welches zwischen Nord- und Südstrand lag. Er fühlte, wie sich das Sättigungsgefühl immer mehr in seinem Inneren verstärkte und seine Hose begann, im Bund zu kneifen. Morgen esse ich etwas weniger, beschloss er, obwohl er zutiefst bedauerte, dass der Mensch nur eine bestimmte Menge Nahrung zu sich nehmen konnte, ohne von irgendwelchen Wehwehchen geplagt zu werden.

Er freute sich auf den kurzweiligen Klönschnack mit den Borkumer Rentnern, die er erst am Vortag kennengelernt hatte. Die älteren Männer hatten schon von dem Todesfall im Nordsee-Hotel gehört. Die Nachricht hatte sich wie ein Lauffeuer über die Insel verbreitet. Die Herren erörterten alle möglichen Theorien und entwickelten Szenarien, was da geschehen sein könnte. Hinrich konnte nichts zur Erhellung der Erkenntnisse beitragen, da er nichts wusste.

Schon von Weitem winkte ihm Uwe Blöhm zu. Hinrich musste grinsen. Der Mann hatte eine Million Witze auf Lager und brachte seine Gesprächspartner immer wieder zum Lachen.

»Moin Uwe«, nuschelte Hinrich ein wenig außer Atem und setzte sich neben seinen neuen Bekannten. »Ich habe das Gefühl, ich kenn dich ewig. Kann es nicht sein, dass wir uns in Leer schon mal gesehen haben?«

Uwe zuckte mit den Schultern. »Das kann wohl angehen. Wir haben dort eine kleine Wohnung. Das ist praktischer, wenn man mal zum Arzt oder ins Krankenhaus muss.«

»Ihr habt hier keine Doktors?« Erstaunt hob Hinrich die Augenbrauen. »Das ist aber eine schöne Schiete.«

»Quatsch«, winkte Uwe ab. »Klar haben wir hier Ärzte und Zahnärzte, aber die Fachärzte sitzen auf dem Festland. Und ab und an muss man übers Meer schippern.« Er grinste. »Früher, als wir noch zur Schule gingen, haben wir uns auf diese Weise hin und wieder einen schulfreien Tag ergaunert. Du kannst dir nicht vorstellen, wie oft wir zum Augenarzt nach Emden mussten, weil wir angeblich die Schrift des Lehrers auf der Tafel nicht mehr lesen konnten. Wir waren schon schlaue Bürschchen.« Uwe lachte schallend und griff sich an seine Wange. »Aua, ich habe mir heute Morgen eine Plombe ausgebissen und war schon beim Zahnarzt. Stell dir vor, ich hätte erst mit der Fähre rüber gemusst.« Er schüttelte den Kopf. »Nee, das wär nix.«

»Nee, das wäre echt nix«, stimmte ihm Hinrich zu. »Wo sind denn die anderen beiden?«

»Gerhard kann nicht, und Reini … da hinten kommt er ja.« Er deutete auf einen älteren Mann, der langsam, einen Gehstock in der Hand, auf die beiden zuging.

»Reini kann nicht mehr so schnell«, meinte Uwe. »Er ist schon über achtzig und braucht eine neue Hüfte, deshalb geht er so krakelig.«

»Na ja, so weit sind wir ja auch nicht davon entfernt. Ich meine wegen des Alters.«

»Reini, nu mach mal hinne«, rief Uwe und winkte dem alten Mann zu.

»Mensch, du weißt doch, dass ich Hetzerei überhaupt nicht abkann.« Laut stöhnend ließ sich Reinhard Asmus auf die Bank nieder. »Die Scheißknochen …«

»Jetzt verschnauf erst mal«, schlug Hinrich vor. »Dann geht's sicher wieder.«

»Weißt du was Neues?«, wandte sich Uwe an Hinrich. »Tütta hat erzählt, man hätte den Mann erschossen … mitten im Frühstücksraum. Der hat es von Rolli Brandt.«

Hinrich schüttelte den Kopf. »Keine Ahnung, aber das mit dem Schuss im Frühstücksraum stimmt schon mal nicht. Aber wenn es euch hilft, frage ich meine Nichte, die arbeitet im Nordsee-Hotel. Mich interessiert so ein Kram nicht.«

Uwe nickte. »Ja, mach das mal. Nicht, dass wir neugierig sind, aber man interessiert sich ja für seine Mitmenschen.«

»Ihr müsst aber auch immer alles genau wissen«, stöhnte Asmus. »Aber den ganzen Tag hinterm Ofen ist auch langweilig.«

»Da sagst du was«, nickte Uwe. »Früher hatten wir überhaupt keine Zeit für irgendetwas anderes. Wenn keine Gäste da waren, haben wir unsere Häuser und Strandkörbe instandgesetzt. Jetzt sind wir alt und mischen nicht mehr mit. Reini, wann hast du denn deiner Tochter eure Frühstückspension *Petje* übergeben?«

Mit einem Schwung warf Reinhard seinen Gehstock zur Seite. »Das muss ungefähr zwanzig Jahre her sein.« Nachdenklich runzelte er seine Stirn. »Nein, es sind schon einundzwanzig Jahre. Meine Frau konnte auch nicht mehr so und unsere Tochter wollte sowieso auf der Insel bleiben.«

Hinrich nickte nachdenklich. »Es ist gar nicht so einfach, den Jüngeren das Feld zu überlassen.«

»Spätestens, als ich von der Leiter gefallen bin, hat meine Olle gesagt, jetzt ist Schluss.«

»Hast du das von deinem Sturz?« Hinrich deutete auf die Narbe in Asmus' Gesicht, die sich quer über dessen Stirn zog.

»Ach das.« Asmus legte seine flache Hand auf die Stirn. »Das war noch vor meiner Ehe. In den Sturm-und-Drang-Zeiten.« Er rieb sich die Stirn. »Das ist schon lange vorbei.«

»Reini ist auch einer von denen«, meinte Uwe zu Hinrich gewandt, »die hier der Liebe wegen auf der Insel hängengeblieben sind. Wo kommst du ursprünglich her, Reini? Ich hab's schon wieder vergessen.«

»Aus Aachen«, antwortete der Angesprochene, »man hört es sicherlich noch.«

»Kaum«, meinte Hinrich. »Man könnte dich glatt für einen waschechten Ostfriesen halten. Warst du damals wegen irgendeiner Arbeit hier oder hast du hier Urlaub gemacht?«

Unschlüssig wog Reinhard den Kopf hin und her. »Eigentlich rede ich nicht so gerne von früher.« Er sah in Hinrichs erwartungsvolles Gesicht. »Na gut, ich bin von Haus aus Musiker und habe hier im Kurorchester Geige gespielt. Aber das ist fast sechzig Jahre her und ich habe alles vergessen. Und darüber reden will ich schon gar nicht.«

»Wieso willst du nicht darüber reden?«, wunderte sich Hinrich. »Musiker ist doch ein schöner Beruf, und dann hier auf der Insel. Also ich kann mir schlechtere Orte zum Arbeiten vorstellen.«

»Es war ja auch eine gute Zeit«, sagte Asmus, »wir waren jung und hatten Flausen im Kopf, aber was bringt es, die ollen Kamellen rauszukramen. Mit dem heutigen Gedöns hat man genug zu tun. Zum Beispiel, wie man seine Knochen wieder in die Gänge bekommt.« Er schlug mit der flachen Hand auf seinen Oberschenkel und zuckte dann mit den Schultern.

***

Nach zehn Minuten betraten Janneke und Fokke das Nordsee-Hotel.

»Chef, Frau Solano wartet da hinten«, informierte Maria mit gedämpfter Stimme ihren Chef und deutete unauffällig auf eine dunkelhaarige Frau, die mit gesenktem Kopf in einem der Sessel im Foyer saß.

»Danke, Maria.« Schmidt ging auf die Frau zu. »Frau Solano? Mein Name ist Fokke Schmidt und ich …«

»Sie waren dabei, als mein Vater starb.« Die Frau sprang auf. »Sie müssen mir alles erzählen.«

»Das ist doch selbstverständlich.« Schmidt sah Janneke an. »Das ist Frau Hoogestraat. Sie ist sozusagen eingebunden in die ganzen Vorkommnisse. Sie wird mir helfen, den letzten Wunsch Ihres Vaters zu erfüllen.«

»Entschuldigen Sie bitte«, sagte die Besucherin, die nach Jannekes Einschätzung Mitte/Ende fünfzig war. »Wo sind meine Manieren geblieben? Ich bin Adriana Solano, Leonardo Solano ist … war mein Vater.«

»Am besten gehen wir in mein Büro«, schlug Fokke vor, »da sind wir ungestört. Ich nehme an, du begleitest mich?«, sagte er in Richtung Janneke. Diese nickte und folgte Schmidt und Solanos Tochter.

»Bitte nehmen Sie doch Platz«, bat Schmidt und deutete auf den Besucherstuhl. »Zuerst möchte ich Ihnen mein Beileid zum Tode Ihres Vaters ausdrücken.«

Janneke drückte ebenfalls ihre Anteilnahme aus. Frau Solano bedankte sich mit einem Kopfnicken. »Ich war schon bei der Polizei«, sagte sie. »Kommissar Bakker hat mir schon einiges über die näheren Umstände mitgeteilt. Auch, dass mein Vater in seinen letzten Minuten einen Wunsch an Sie geäußert hat.« Sie sah den Hotelier an. »Sie haben ja der Polizei davon erzählt.«

»Ja, das stimmt. Er bat mich, eine Isabella zu suchen und sie zu bitten, sie möge ihm, also Ihrem Vater, doch verzeihen. Ich musste es ihm versprechen.«

»Welche Isabella?«, wunderte sich Adriana. »Soviel ich weiß, hat er in den vergangenen Jahren hier Urlaub gemacht. Ob er diese Frau eventuell hier kennengelernt hat? Oder er hat sie von früher gekannt. Er war ja hier als junger Mann Mitglied des Kurorchesters, aber das wissen Sie sicherlich.«

Schmidt nickte. »Er hat es mal in einem Gespräch erwähnt.«

Adriana wandte sich der jungen Frau zu. »Sie wohnen auch hier auf der Insel?«

Janneke schüttelte den Kopf. »Normalerweise wohne ich auf dem Festland. Ich bin jetzt nur für eine begrenzte Zeit zum Arbeiten hier.«

Mit zitternden Händen öffnete Frau Solano ihre Tasche und nahm ein Taschentuch heraus. Fahrig fuhr sie sich über die Stirn. »Immer wenn ich nervös bin, fange ich an zu schwitzen.« Sie warf das Tuch in die Tasche zurück. »Mein Vater, hatte er … ich meine, waren seine Schmerzen groß?«

Fokke schüttelte den Kopf. »Nein, ich hatte nicht den Eindruck. Seine größte Sorge war die Nachricht an Isabella. Als ich ihm versprochen hatte, nach ihr zu suchen, war er sichtlich erleichtert.«

»Was hat das nur mit dieser Frau auf sich?«, überlegte die Tochter des Opfers laut. »Kommissar Bakker hat mir mitgeteilt, dass man im Zimmer meines Vaters Aufzeichnungen sichergestellt hat. Um was es sich dabei handelt, konnte er nicht sagen, da alles in italienischer Sprache geschrieben war.«

»Es wäre ja interessant zu wissen, was Ihr Vater aufgeschrieben hat«, äußerte sich Janneke. »Eventuell ergibt sich dadurch eine Möglichkeit, diese Isabella zu finden. Und sie kann vielleicht Hinweise geben, wie es zum Tod Ihres Vaters gekommen ist.«

»Das hoffe ich auch«, stimmte Frau Solano zu. »Es wäre sehr tröstlich für mich, wenn der letzte Wunsch meines Vaters in Erfüllung gehen würde. Es muss für ihn extrem wichtig gewesen sein, dass er noch kurz vor seinem Tod an diese Unbekannte gedacht hat.« Sie schluckte schwer. »Die Unterlagen sind auf dem Festland zum Übersetzen. Sobald die Originale zurückkommen, werde ich sie erhalten, und dann sage ich Ihnen Bescheid.«

Müde stand die Frau auf. »Erst einmal ganz lieben Dank, dass Sie sich um alles gekümmert haben.«

Janneke und Fokke begleiteten sie zur Rezeption, wo sie ihre Schlüsselkarte entgegennahm.

»Auch wenn wir niemals diese Frau finden«, sagte Adriana Solano, »möchte ich mich noch einmal bei Ihnen bedanken, dass Sie es meinem Vater versprochen haben. Wahrscheinlich fiel es ihm leichter zu gehen, da er sein Anliegen in Ihren Händen wusste.« Sie nickte noch einmal kurz und stieg die Treppe nach oben.

Janneke sah der Frau nach. »Ich frage mich, ob es Frau Solano schmerzt, dass ihr Vater in den letzten Minuten seines Lebens an eine andere Person gedacht hat und nicht an seine eigene Tochter.«

»Wenn es so ist«, entgegnete Schmidt, »dann hat sie das erfolgreich vor uns verborgen.«

## 4. Kapitel

Janneke konnte gar nicht glauben, dass sie erst vorgestern mit Onkel Hinrich auf Borkum angekommen war. Es war so viel passiert, seitdem sie sich im Nordsee-Hotel aufhielt. Sie saß vor ihrem Laptop und konnte sich nur schwer auf den eigentlichen Grund ihres Aufenthalts konzentrieren.

Da das Nordsee-Hotel im Juni sein hundertdreißigjähriges Bestehen feierte, richtete Janneke ihr erstes Augenmerk auf die Erstellung einer Festschrift.

Man hatte in Fokke Schmidts Büro netterweise noch einen zweiten Schreibtisch platziert, damit sie ungestört Internet und Telefon uneingeschränkt nutzen konnte.

Mit aufgestütztem Kopf sah sie durchs Fenster ein paar Gästen nach, die über die Bubertstraße zum Strand eilten. Was fasziniert die Menschen nur an Strand und Wasser?, fragte sie sich. Wahrscheinlich die Ruhe, die von den Wellen ausging. Es gab ja Menschen, die behaupteten, dass der Wellengang sogar Herz und Kreislauf stabilisierte.

Sie startete den Computer und rief eine Suchmaschine auf. Bei ihrer Recherche nach *inneren Blutungen* stieß sie auf die unglückliche österreichische Kaiserin Sissi, die einst von einem Mann mittels einer angespitzten Feile in Genf erstochen wurde und über eine Stunde nach dem Stich an ihren inneren Blutungen verstarb.

Bei Leonardo Solano handelte es sich um einen ähnlichen Fall. Der Unterschied war hier die enorme zeitliche Distanz zwischen der Verletzung und dem Schock durch den enormen Blutverlust, der schließlich zum Tod des Musikers führte.

Heute Morgen hatte ihr Fokke erzählt, dass der Nachtportier ausgesagt hatte, dass Herr Solano gegen Mitternacht ins Hotel zurückgekehrt war und vollkommen gesund gewirkt hatte.

Das hieße also, grübelte die junge Ostfriesin weiter, dass der tödliche Stich eventuell noch vor Mitternacht erfolgt sein könnte. Oder später hier im Hotel, aber dafür hatte die Polizei keinerlei Anhaltspunkte gefunden. Wie war so etwas möglich, dass eine geringe Verletzung eines Blutgefäßes eine solche Auswirkung hatte?

Energisch schüttelte sie den Kopf. Sie musste sich auf die Arbeit konzentrieren. In ihrem Hinterkopf keimte ein wenig die Sorge um Hinrich auf, den sie heute Morgen beim Frühstück verpasst hatte. Hatte er so lange geschlafen? Oder durchstreifte er schon wieder die Insel?

Unruhig geworden wählte sie seine Nummer und hoffte, dass ihr schusseliger Onkel sein Handy bei sich hatte.

»Ja, was ist?«, brüllte Hinrich ins Telefon.

Ihm geht es anscheinend gut, dachte Janneke erleichtert. »Wo bist du denn? Ich habe dich beim Frühstück vermisst.«

»Ich habe länger geschlafen und bin jetzt mit den anderen auf dem Weg zum Heimatmuseum. Da soll es ein großes Walskelett geben. Das will ich mir …« Er sprach mit jemandem in seiner Nähe. »Uwe meint, ich solle heute Abend mit ihm nach Hause kommen. Es gibt Gulasch und Klöße.«

»Hauptsache, es geht dir gut.«

»Klar, alles gut.« Er lachte. »Die erzählen hier alle von dem Todesfall im Hotel. Was ist denn genau passiert?«

»Erzähle ich dir heute Abend«, vertröstete Janneke ihren Onkel. »Wenn du zurückkommst, kannst du ja mal bei mir klopfen.«

»Mach ich. Bis später«, rief Hinrich und legte auf.

Bis zum Abend arbeitete Janneke konzentriert an der Festschrift und den neuen Flyern fürs Hotel. Schmidt kam nur kurz rein. »Hast du alles, was du brauchst?«

»Ja, ansonsten melde ich mich. Hast du irgendwelche Neuigkeiten?«

Fokke schüttelte den Kopf. »Nein, leider nicht. Ich habe heute Abend noch eine Sitzung im Tourismus-Ausschuss. Wir sehen uns dann morgen.« Er nahm zwei Aktenordner, die auf seinem Schreibtisch lagen, an sich und hielt dann inne. »Ich habe Frau Solano heute Nachmittag gesehen. Sie wirkte ziemlich gefasst.«

»Hatte sie denn einen engen Kontakt mit ihrem Vater, weißt du das?«

»Da bin ich überfragt.« Er öffnete die Bürotür. »Sie holt morgen früh die Aufzeichnungen ihres Vaters bei der Polizei ab.«

»Sind die Übersetzungen fertig?«

»Anzunehmen. Sie wird sich dann bei uns melden, wenn sie die Unterlagen hat.« Er blieb in der geöffneten Tür stehen. »Ich möchte zu gerne wissen, was es mit dieser Isabella auf sich hat. Ich glaube nicht, dass wir sie jemals finden werden. Aber wir könnten auch Glück haben.« Leise schloss er die Tür hinter sich.

Janneke beendete ihre Arbeit und verließ das Hotel. In einer Pizzeria verzehrte sie einen italienischen Salat und gönnte sich ein Glas Rotwein. Wie im Urlaub, sinnierte sie, gutes Essen, ein leckerer Wein und ein idyllisches Fleckchen Erde. Nur der Mord an Leonardo Solano passte nicht in dieses Bild.

Später in ihrem Zimmer legte sich Janneke gemütlich aufs Bett und schaltete den Fernseher ein. Schon nach ein paar Minuten war sie eingeschlafen.

Ein heftiges Klopfen riss sie aus dem Schlaf. Schlaftrunken öffnete sie die Tür. Hinrich stürmte an ihr vorbei ins Zimmer. »Wieso schläfst du denn schon?«, meckerte er nach einem Blick auf Jannekes zerwühlte Haare. Er ließ sich in einen der Sessel fallen. »Das wird die Seeluft sein.«

»Was meinst du damit?«

»Uwe hat gesagt, dass die Gäste entweder hundemüde von dem Hochseeklima sind oder sie haben Hunger wie ein Wolf.« Er hob die Arme und stöhnte auf. »Bei mir wird es der Hunger sein. Ich habe vier Klöße gegessen. Uwes Frau hat so richtig dicke Dinger fabriziert. Jetzt drückt meine Hose schon wieder.«

»Dann mach deinen Gürtel etwas weiter«, gähnte Janneke und fuhr sich durch die Haare.

»Was ist denn eigentlich hier im Hotel passiert?«, kam Hinrich zum eigentlichen Thema seines abendlichen Besuches. »Hier reden alle von dem Mord.«

Janneke setzte sich aufs Bett. »Im Grunde genommen ist es schnell erzählt. Das Opfer ist ein älterer Herr aus Italien. Man hat ihn erstochen. Fokke war in den letzten Minuten bei ihm, und der Mann hat ihn gebeten, nach einer Isabella zu suchen.«

»Wahrscheinlich hat er die Frau hier während seines Aufenthaltes kennengelernt. Das kann doch nicht so schwer sein, diese Person zu finden, oder?«

»Es kann aber auch sein, dass er sie von früher kennt. Er war in seinen jungen Jahren hier auf der Insel Mitglied im Kurorchester.«

Hinrich setzte sich abrupt auf. »Das ist allerdings bemerkenswert.«

»Was meinst du?«

»Einer der Herren, die ich hier auf der Insel kennengelernt habe, hat auch früher im Kurorchester gespielt.«

»Wie heißt der Mann denn?«

»Reinhard Asmus. Er ist dreiundachtzig und kommt ursprünglich aus Aachen.«

»Hast du auch eine Ahnung, wo er wohnt?«

»Warte … Ja, er hatte mit seiner Frau eine Pension. Die heißt Pension Petje. Meinst du, er und der Italiener kannten sich?«

Genau das war die Frage, die sich Janneke in diesem Moment stellte.

***

Am nächsten Morgen gesellte sich Hinrich zu seiner Nichte an den Frühstückstisch. »Was habe ich einen Hunger«, murmelte Hinrich und bediente sich mit einem glückseligen Lächeln an dem reichhaltigen Buffet.

»Was machst du heute?«, wollte Janneke wissen. »Du wirst doch nicht die ganz Zeit auf der Bank mit den anderen Rentnern herumhängen? So kenne ich dich gar nicht.«

»Mach dir mal keinen Kopp. Uwe besorgt mir ein Fahrrad und dann geht's raus zum Ostland. Da gibt es ein schönes Restaurant und dort werden wir zu Mittag essen. Es ist zwar ordentlich Wind, aber das ist egal.«

»Du denkst auch nur ans Essen« schmunzelte Janneke. »Beschwer dich aber nicht bei mir, wenn du hinterher nicht mehr in deine Klamotten passt.«

»Das löppt schon.« Hinrich winkte ab und frühstückte in aller Ruhe weiter.

»Kannst du dich noch daran erinnern, als du mit Jan unzählige Waffeln verspeist hast, die euch Elsie gebacken und durchs Küchenfenster in den Garten gereicht hat?« Bei dem Gedanken an die beiden Männer, die mit vollgefutterten Bäuchen auf den Gartenliegen lagen und inständig um einen Schnaps gebettelt hatten, damit die Verdauung wieder in Gang kam, musste sie schmunzeln.

»Hör auf«, winkte Hinrich ab. »Seitdem kann ich keine Waffeln mehr sehen.«

»Da siehst du mal«, grinste Janneke, »welchen Unsinn du und Jan machen. Ich kann mir gut vorstellen, warum Jans Frau manchmal sauer auf euch ist.«

»Tja, das ist nun mal so, aber die kriegt sich auch immer wieder schnell ein. Jan ist ja nicht nur mein Nachbar, sondern auch mein bester Freund.«

»Ich weiß, wenn du Jan nicht hättest …« Janneke stand auf. »Ich wünsche dir einen ereignisreichen Tag und pass auf dich auf. Ich muss jetzt ins Büro.«

Fokke saß über Abrechnungen gebeugt an seinem Schreibtisch, als sie hereinkam. »Moin«, murmelte er und sah nur kurz auf.

»Moin«, sagte Janneke und setzte sich. »Was gibt es Neues?«

»Nix«, brummte Fokke. »Kalle hat mir versprochen: Wenn es etwas Spektakuläres gibt, wird er mir das mitteilen. Spätestens einen Tag später stünde es sowieso in der Zeitung.«

»Sehr gut«, meinte Janneke. »Dann will ich mich mal an die Arbeit machen.«

Schweigend arbeiteten die beiden. Nach einer Stunde stand Fokke auf und streckte sich. »Ich bin total verspannt.« Er sah Janneke an. »Du könntest mir einen Gefallen tun und die Post mitnehmen, wenn du in die Stadt gehst. Die muss nämlich heute noch raus. Dann hätte ich Zeit, an der Rezeption nach dem Rechten zu sehen.«

»Selbstverständlich mache ich das. Mir ist auch nach frischer Luft.« Froh über die Abwechslung nahm Janneke den Stapel Post und verstaute ihn in ihrer geräumigen Handtasche.

Grinsend sah ihr Fokke dabei zu. »Du könntest einen ganzen Briefkasten darin unterbringen«, flachste er. »Platz genug wäre ja.«

»Du bist ja genau wie Hinrich, der stänkert auch immer wegen meiner Handtaschen.«

»Mach dir nichts daraus.« Nur mit Mühe gelang es Fokke, ernst zu bleiben.

»Männer«, zischte Janneke, ebenfalls bemüht, ihr Lachen zu unterdrücken, und öffnete die Tür. »Weißt du, wann Frau Solano mit den Aufzeichnungen ihres Vaters kommt?«

»Sie wollte sich sofort bei mir melden. Ich rufe dich an, wenn ich etwas weiß«, versprach der Hotelier.

»Okay«, sagte Janneke und rauschte hinaus.

Sie brachte die Post weg und machte, von der Märzsonne gelockt, einen Umweg über die Strandstraße zum Neuen Leuchtturm.

»Antje?« Behutsam stupste Janneke die junge Hotelangestellte an, die in Gedanken versunken auf einer der Bänke saß. »Du heißt doch Antje und arbeitest an der Rezeption? Ich habe dich gestern Nachmittag dort gesehen. Geht's dir gut? Du siehst ein wenig blass aus.« Sie setzte sich neben die junge Frau. »Oh, Entschuldigung, aber wir können uns doch duzen? Schließlich sind wir so etwas wie Kolleginnen.«

»Natürlich«, meinte Antje. »Du bist Janneke?«

»Genau, die bin ich. Hast du heute frei?«

»Spätdienst«, sagte Antje. »Ich war eben bei unserem Hausarzt und habe ein Rezept für meine Oma abgeholt.«

»Das ist ja nett von dir. Deine Oma ist dir sicher dankbar, dass du das für sie erledigst.«

»Ihr bleibt nichts anderes übrig. Sie ist pflegebedürftig und auf meine Hilfe angewiesen.«

»Hast du keine weitere Hilfe?«

»Hin und wieder kommt ein Pflegedienst, aber das meiste muss ich machen.«

»Wohnst du mit deiner Oma in einem Haus?«

Antje nickte. »Oma hat unten eine kleine Wohnung und oben wohne ich mit meinem Freund Jörg.«

»Das ist bestimmt anstrengend. Ich meine die Pflege deiner Oma.« Janneke wusste, wie zeit- und kräfteraubend so eine Pflege war. »Und deine Eltern?«

»Die wohnen nicht mehr auf der Insel.« Antje wirkte plötzlich sehr zurückhaltend.

Janneke bemerkte die unvermittelte Verschlossenheit der jungen Hotelangestellten. »Entschuldige, dass ich so nachfrage, ich wollte auf keinen Fall neugierig sein. Es ist nur so: Ich wohne mit meinem Onkel zusammen in einem Haus und mache mir auch hin und wieder meine Gedanken, wie es sein wird, wenn er älter und auf meine Hilfe angewiesen ist.«

»Du kannst ruhig fragen«, antwortete Antje mit einem verhaltenen Lächeln. »Ich bin ja froh, wenn sich jemand dafür interessiert, und es tut mir gut, mich auszutauschen.«

Janneke nickte. »Wenn man mit jemandem reden kann, macht es alles ein wenig leichter.«

»Da hast du sicherlich recht«, stimmte ihr Antje zu. »Also, meine Eltern … die sind vor vier Jahren nach Hannover gezogen. Mein Vater hat dort einen Job bekommen. Deshalb bleibt jetzt alles an mir hängen. Das Haus, die Versorgung meiner Oma und dann noch die Arbeit im Hotel. Und dann noch Jörg …«

»Unterstützt dich dein Freund wenigstens?«

Ärgerlich winkte Antje ab. »Der hält sich aus allem raus und liegt mir nur dauernd in den Ohren, ich solle mit ihm auch aufs Festland gehen, so wie meine Eltern. Man könnte doch viel mehr unternehmen, meint er. Die Flughäfen wären viel besser zu erreichen, wir könnten doch mal ins Theater gehen oder mit dem Auto einfach ins Blaue fahren.« Sie seufzte. »Er denkt keine Minute an meine Verpflichtungen und setzt mich damit nur unter Druck.«

»Das tut mir leid.« Mitfühlend nahm sie die Hand der jungen Frau. »Wenn du mal Lust auf ein kleines Schwätzchen hast, immer gerne.«

»Das ist lieb von dir«, bedankte sich die Hotelangestellte. »Du bleibst aber nur eine begrenzte Zeit auf Borkum?«

»Ja, ich helfe bei den Vorbereitungen für das Jubiläum des Hotels.«

»Und was machst du sonst so … ich meine, wenn du nicht auf einer Insel bist«, fragte Antje nach.

»Ich mache verschiedene Sachen. Zum Beispiel Kriminalromane oder Berichte für Reisemagazine schreiben. Hin und wieder verfasse ich auch Kolumnen für Frauenzeitschriften, es ist also sehr vielfältig.«

»Du scheinst ein sehr abwechslungsreiches Leben zu haben.« Die Hotelangestellte sah betrübt vor sich hin. »Da kann man richtig neidisch werden.«

»Ich kann mir aber ein Leben hier auf der Insel auch sehr gut vorstellen«, meinte Janneke, »die schöne Umgebung, immer wieder neue Menschen mit ihren Gewohnheiten und Eigenarten. Also langweilig ist das sicher nicht. Vergiss nicht den Strand, das Meer und den frischen Seewind. Viele Leute sehnen sich das ganze Jahr danach.«

»Ja, das ist sicher Ansichtssache«, entgegnete Antje, »aber ich gebe dir im Großen und Ganzen recht. Ich möchte an keinem anderen Ort leben als auf Borkum.«

Janneke öffnete ihre Tasche. »Ich gebe dir mal meine Karte. Du kannst mich gern mal anrufen und wir können uns treffen, wenn du magst.«

»Das mache ich auf alle Fälle. Das ist lieb von dir«, bedankte sich Antje.

»Ich würde mich sehr freuen, wenn wir … Moment.« Janneke öffnete ihre Tasche erneut und holte ihr klingelndes Telefon heraus.

»Ja?«

»Fokke hier. Frau Solano ist jetzt hier im Büro. Kannst du kommen?«

»Bin gleich da«, versprach sie und drückte auf die rote Taste. »Antje, ich muss los. Wir sehen uns sicher bald.«

»Ich rufe dich an«, rief ihr Antje nach.

Im Hotel angekommen steuerte Janneke direkt auf das Chefbüro zu.

Frau Solano saß auf einem Stuhl neben Fokkes Schreibtisch und hielt zwei bunte Schulhefte in den Händen. »Hallo Frau Hoogestraat«, sagte sie müde.

»Moin Frau Solano, sind das die Aufzeichnungen Ihres Vaters?« Sie zeigte auf die Hefte in Frau Solanos Hand.

»Ja, Kommissar Bakker hat sie mir eben ausgehändigt.« Adriana räusperte sich umständlich. »Die Polizei hat das einzige Exemplar der deutschen Übersetzung behalten und wollte mir keine Kopie davon anfertigen. Man hat mir nur die originalen Aufzeichnungen meines Vaters ausgehändigt. Die Beamten werden die Aufzeichnungen meines Vaters in Augenschein nehmen, um zu ermitteln, ob sich daraus irgendwelche Fakten für den Tod … Sie wissen schon, was ich meine. Den Koffer mit der Kleidung und seinen persönlichen Sachen konnte ich heute ebenfalls mitnehmen. Später werde ich mir den Inhalt ansehen, aber im Moment kann ich mich damit nicht beschäftigen … es ist alles zu viel.«

»Ja, das verstehen wir«, äußerte sich der Hotelier mitfühlend. »Das müssen Sie ja nicht sofort tun.«

»Sie sind ja gerade erst gekommen.« Janneke blickte auf die glatten Umschläge der Hefte, die Frau Solano immer noch in der Hand hielt. »Die Hefte sehen ziemlich neu aus.«

Liebevoll strich Frau Solano über das Papier. »Ich vermute, mein Vater hat sie hier auf der Insel für seine Aufzeichnungen gekauft, um seine Erinnerungen festzuhalten. Er hat eines der Hefte ziemlich eng beschrieben. Das andere ist leer.«

»Haben Sie schon mal reingesehen?«, wollte Janneke wissen.

»Nur ganz kurz überflogen«, erwiderte Adriana. »Ich werde Ihnen das alles besser direkt übersetzt vorlesen, denn mein Vater hat wirklich alles in italienischer Sprache geschrieben.«

»Ja, wenn das so ist«, stimmte Janneke zu. »Das wird ja dann nötig sein. Ich bin gespannt, was Ihr Vater niedergeschrieben hat. Eventuell findet man etwas darin, was hilft, das alles aufzuklären.«

»Also gut …«, begann Frau Solano und schlug das Heft auf.

# 5. Kapitel

## Isabella

Wieso befasse ich mich jetzt mit Ereignissen, die sich vor Jahrzehnten zugetragen haben? Das habe ich mich in den vergangenen Jahren sehr oft gefragt. Nächtelang musste ich grübeln, bis ich eine zufriedenstellende Antwort fand. Ich habe ein schlechtes Gewissen, welches mich auf den Boden drückt, meine Schultern mit Zentnerlasten beschwert und mir manchmal den Atem nimmt. Nie im Leben hätte ich vermutet, dass diese Tatsache mir einmal so zu schaffen machen würde.

Wann hat das angefangen? Ich glaube, es war kurz nach dem Tod meiner Frau. Diese unseligen Gedanken legten sich plötzlich, von einem Tag auf den anderen, wie ein Schatten auf meine Brust. Ein Schatten, der mit jedem Jahr, welches vergeht, immer dunkler und schwerer zu werden scheint.

Mein Leben neigt sich langsam dem Ende entgegen, und da gilt es, reinen Tisch zu machen, damit ich eines Tages hoffentlich erleichtert, ohne diese drückenden Schuldgefühle, meine letzte Reise antreten kann.

Mein damaliges Benehmen war alles andere als akzeptabel, das steht absolut fest. Ruhelos reise ich nun seit ein paar Jahren nach Borkum, in der Hoffnung, die Person zu treffen, die ich um Verzeihung bitten möchte, nein muss! Vielleicht ist es mein Alter, welches mich nach Vergebung lechzen lässt. Es ist Zeit, Bilanz zu ziehen. Und deshalb ist es notwendig, dass ich mir alle Worte, alle Gesten und alle Handlungen von früher noch einmal vergegenwärtige, indem ich alles noch mal schriftlich festhalte.

Sie war so jung, so schüchtern und anmutig. Auch jetzt habe ich ihr Gesicht wieder vor Augen, nachdem ich dieses Bild lange vergessen hatte. Der Schwung ihrer Augenbrauen, die vollen Lippen und ihr verlegenes Lächeln. Sie war ein zierliches junges Mädchen.

Das erste Mal bemerkte ich sie, als sie, halb hinter einem Mauervorsprung versteckt, in der Wandelhalle hier auf der Insel Borkum stand und uns zuhörte, wie wir die täglichen Opern- und Operettenmelodien für die Badegäste spielten. Immer wieder musste ich zu ihr hinübersehen. Kaum merklich lächelte sie mir zu. Kurz bevor wir Pause machten, war sie auf einmal verschwunden. Ich muss gestehen, schon damals hat mich das Erobern von Frauen mehr interessiert als die Beziehung selbst. Es war der Sieg, der mir verheißungsvoll erschien.

Sie erschien fortan jeden Abend und verschwand, sobald wir unsere Instrumente für eine kurze Pause zur Seite gelegt hatten. Nach ungefähr drei Wochen blieb sie stehen und ich ging zu ihr hinüber. Als ich näher kam, wandte sie sich sofort ab und wollte wieder weglaufen. Ich konnte sie gerade noch am Arm festhalten. Sie wehrte sich nicht.

»Warte«, sagte ich leise und lockerte meinen Griff. »Wie heißt du?«

»Elisabeth.« Sie sprach so leise, dass ich sie kaum verstehen konnte.

»Elisabeth?« Ich musste lächeln. »Genauso hieß meine Großmutter. Eine wunderbare Frau. Alle haben sie Isabella genannt.«

Sie sah mich mit großen Augen an und sagte nichts.

»Weißt du was?«, rief ich, »ich werde dich auch einfach Isabella nennen. Wäre dir das recht?«

Sie nickte. »Ein schöner Name.«

»Wie alt bist du?«

»Achtzehn. Und Sie?« Plötzlich wirkte sie viel gelöster.

»Ich bin achtundzwanzig und heiße Leonardo, und du solltest mich duzen.« Auf keinen Fall wollte ich mir alt vorkommen.

Die Zuhörer des Konzertes strömten nach draußen und verbrachten die Konzertpause plaudernd auf der von der Abendsonne durchfluteten Promenade.

»Wir müssen gleich weiterspielen«, sagte ich und plötzlich wusste ich nicht, wie ich mich diesem Mädchen gegenüber weiter verhalten sollte. »Kannst du warten, bis unser Konzert zu Ende ist? Wir könnten dann noch …«

»Nein«, schüttelte sie energisch den Kopf. »Das geht nicht. Ich muss morgen früh aufstehen.«

Auf keinen Fall wollte ich sie so gehen lassen. Ob ich sie noch einmal treffen würde? Was wäre, wenn sie morgen Abend nicht zum Konzert käme? »Dann können wir uns vielleicht morgen treffen? Am Nachmittag um fünf Uhr an der *Heimlichen Liebe*?«

»Mal sehen«, flüsterte sie, »ich muss mir das noch überlegen.« Sie drehte sich um und lief eilig weg.

»Hast du schon wieder eine angebaggert?« Süffisant grinsend kam Reinhard um die Ecke. »Die Kleine kommt fast jeden Abend hierher. Ein süßes Ding.«

Reinhard und ich waren nicht die besten Freunde, sondern nur Kollegen, die gezwungenermaßen neben unseren Konzertdarbietungen auch einen Teil der Freizeit gemeinsam verbrachten. Mein Kollege war ein passionierter Schürzenjäger. Aber wenn ich ehrlich sein soll, fiel ich auch unter diese Kategorie.

»Lass bloß die Finger von dem Mädchen«, warnte ich ihn. »Komm mir nicht in die Quere.« Ich wollte meine Eroberung für mich ganz alleine haben, denn Isabella war etwas Besonderes. Dies hatte ich vom ersten Augenblick an gespürt und wollte auf keinen Fall, dass sich da jemand einmischte.

Reinhard sah es nämlich hin und wieder als sportliche Herausforderung an, mir jemanden auszuspannen. Aber dieses Mal nicht!

Am nächsten Nachmittag war ich bereits eine halbe Stunde vor der verabredeten Zeit an der *Heimlichen Liebe*. Wie ein Pennäler trat ich von einem Bein auf das andere. Und wenn sie jetzt nicht kommt?, grübelte ich und hielt nach ihr Ausschau. Im Grunde genommen sollte mich das nicht weiter kümmern, denn ich hatte noch immer eine kleine Maus zum Anbändeln gefunden. Aber das hier war etwas anderes.

»Guten Abend«, riss mich eine leise Stimme aus meinen Gedanken. Ich drehte mich um. Isabella stand vor mir und lächelte mich an. »Lass uns ein paar Schritte gehen.«

»Schön, dass du gekommen bist.« Ich hielt ihr meinen Arm hin und wir spazierten zum Südstrand. Isabella erzählte mir, dass sie in einem Zigaretten- und Zeitschriftenladen am Bahnhof arbeitete. Erst heute, sechzig Jahre später, fällt mir auf, dass ich sie nie gefragt habe, wo und mit wem sie wohnt.

Isabella wirkte plötzlich so locker und entspannt, als wären wir schon lange befreundet. Ich erzählte ihr von meiner Heimat, von meiner Mutter, die einige Zeit mit ihren Eltern in Deutschland gelebt und mir die deutsche Sprache beigebracht hatte. Von meiner Kindheit am Comer See auf dem Weingut meiner Eltern und meiner Musikausbildung an einem Konservatorium in Mailand.

»Ich finde, dein Deutsch ist nahezu perfekt«, sagte Isabella. »Man hört kaum, dass du nicht aus Deutschland kommst.«

Ich musste lachen. »Das habe ich meiner Mutter zu verdanken, sie hat nicht lockergelassen und manche Tage mit mir nur deutsch geredet. Aber ich fluche, schreibe und träume in Italienisch. Ich bin heilfroh, dass ich mich mit dir unterhalten kann. Es wäre ein Jammer, wenn eine Sprache zwischen uns stünde.«

»Ja, das wäre schade.«

Wir hielten uns an den Händen und redeten über Gott und die Welt. Isabella schmiegte sich plötzlich an mich. Langsam wurde es dunkel. Wir fanden einen leeren Strandkorb. Der laue Sommerabend ließ den Strand und die leise vor sich hin plätschernden Wellen unwirklich erscheinen. Isabella wehrte sich nicht, als ich sie küsste, auch sonst schien sie mit allem einverstanden, was danach geschah. Sie verhielt sich wie eine erfahrene Geliebte, obwohl sie noch Jungfrau war.

## 6. Kapitel

Adriana Solano ließ das Heft sinken und schwieg. Fokke saß am Schreibtisch und schüttelte leicht mit dem Kopf. »Jetzt wissen wir wenigstens, dass die gesuchte Isabella eine junge Frau war, die Herr Solano von früher kannte.«

»Es wird schwer sein, sie ausfindig zu machen«, seufzte Janneke.

»Wenn nicht sogar unmöglich«, bedauerte der Hotelier.

»Diese Aufzeichnungen waren mit Sicherheit nicht dazu bestimmt, dass jemand anderer sie zu Gesicht bekommt«, analysierte Janneke das eben Gehörte. »Es klingt eher so, als wollte Ihr Vater für sich selbst seine Erinnerungen hervorholen und schriftlich festhalten, damit er sich alles noch einmal vergegenwärtigen kann und nichts vergisst.«

»Ja, mein Vater hat schon immer viele Dinge aufgeschrieben«, erzählte die Tochter des Opfers. »Er hat immer gesagt: Wenn ich es einmal notiert habe, dann ist es in meinem Kopf immer zur Verfügung und ich muss nicht lange in meinem Gedächtnis wühlen.«

»Dann war es ihm sehr wichtig, sich an alles zu erinnern.« Schmidt lehnte sich zurück und runzelte die Stirn. »Alles, was wir eben gehört haben, deutet darauf hin, dass es sich um Ereignisse handelt, die mehr als fünfzig Jahre zurückliegen.«

Adriana steckte die Hefte in ihre Tasche. »Es müssen fast sechzig Jahre sein. Soviel ich weiß, war mein Vater nur einen Sommer auf der Insel.«

»Ja«, nickte Fokke, »das passt zu den Beschreibungen der damaligen Kurkonzerte. Heute gibt es ja keine Wandelhalle mehr unten an der Promenade, in der sich Gäste aufhalten können.«

»Das heißt«, überlegte Janneke, »es könnte sein, dass er damals Isabella kennengelernt hat und sie in den vergangenen Jahren hier gesucht hat? Vielleicht ist sie gar nicht mehr auf der Insel? Er hat doch sicher auch nach einer Frau gesucht, die Elisabeth heißt?«

Fokke nickte. »Davon gehe ich mal aus. Wir wissen übrigens nicht, ob Isabella den Namen eventuell beibehalten hat. Vielleicht hat er ihr gefallen? Und es ist gut möglich, dass sie nicht mehr auf der Insel lebt. Womöglich hat er sie deshalb auch hier nicht mehr gefunden. Mir ist jedenfalls keine Borkumerin mit dem Namen Isabella oder Elisabeth bekannt, die vom Alter her passen würde.«

»Diese Frau müsste … Wie alt wurde Ihr Vater?« Janneke sah Adriana an.

»Mein Vater war genau sieben… nein, achtundachtzig Jahre alt.«

»Dann müsste Isabella, ich nenne sie jetzt zur Vereinfachung so, jetzt achtundsiebzig sein«, überlegte Janneke. »Sie war ja damals erst achtzehn Jahre alt. Fokke, kennst du wirklich keine ältere Frau hier auf der Insel, die Isabella oder Elisabeth heißt?«

Der Angesprochene schüttelte den Kopf. »Eigentlich kenne ich viele Menschen hier auf der Insel, zumindest die, die schon seit Jahren auf Borkum leben. Aber eine Frau mit einem dieser beiden Vornamen und in dem entsprechenden Alter ist mir nicht begegnet. Ich habe auch schon einige ältere Borkumer gefragt, aber niemand konnte sich an eine Isabella, jung oder alt, erinnern.«

»Ich denke mal, dass die junge Frau hier auch nur in der Saison beschäftigt war«, sagte Frau Solano. »Mein Vater hätte sie sicherlich sonst gefunden. Er war ein Mensch, der nie aufgab.«

»Frau Solano …«, begann Janneke.

»Bitte Adriana, das klingt nicht so distanziert«, bat die Italienerin.

»Kein Problem«, lächelte Janneke und spann den Faden weiter. »Wissen Sie, ob Ihr Vater auch auf dem Festland nach dieser Frau gesucht hat?«

Adriana schüttelte den Kopf und sah den Hotelier an. »Ich wusste noch nicht einmal, dass er jemanden sucht, und habe dies erst durch Sie erfahren. Ich habe mich nur immer gewundert, wieso er die weite Reise auf sich nimmt, um auf eine Nordseeinsel zu fahren. Wie oft habe ich zu ihm gesagt, er könnte doch einmal in der Nähe seiner Heimat Urlaub machen, aber das hat er immer strikt abgelehnt. Mein Vater ließ sich nicht beirren. Wir werden sicherlich durch die weiteren Erzählungen erfahren, wem er hier auf der Insel begegnet ist und wo er Isabella gesucht hat.« Müde rieb sich Adriana die Augen. »Wir fahren ein andermal fort. Im Moment müssen Sie mich entschuldigen.«

»Das ist doch selbstverständlich«, sagte Janneke. »Sie sagen uns einfach Bescheid, wenn Sie so weit sind.«

»Das ist lieb von Ihnen«, bedankte sich die Tochter von Leonardo Solano und verließ das Büro des Hoteldirektors.

***

»Wieso kann Adriana so gut Deutsch? Sie spricht ohne Akzent.« Janneke saß am nächsten Tag vor ihrem PC und dachte an die gestern gehörten Worte des Opfers.

Fokke war gerade dabei, ein paar Unterlagen in eine Tasche zu stecken. »Sie erzählte mir gestern Abend, als ich sie im Foyer traf, dass sie einen Teil ihrer Kindheit bei Verwandten in Norddeutschland verbracht hat und …«, er dachte kurz nach, »ja, wie war das noch? Ihr Mann kommt aus Berlin. Ich glaube, da wohnt sie auch jetzt. Ich könnte in den Anmeldungsunterlagen nachsehen.«

»Ist ja nicht so wichtig«, winkte Janneke ab. »Leonardo Solanos Mutter hat ja auch einige Zeit in Deutschland verbracht. Vielleicht kommt daher die Verbindung zu Deutschland, die die Familie ja offensichtlich hat.« Sie öffnete eine Datei. »Wie kann es sein, dass ein Mann mit fast neunzig Jahren unbedingt eine Frau finden will, die er vor Jahrzehnten während eines Sommers hier auf der Insel getroffen hat?«

Fokke zuckte mit den Schultern. »Keine Ahnung, aber es muss ihm sehr wichtig gewesen sein.« Er sah sich um. »Wo ist denn schon wieder … Ach hier.« Er nahm sein Telefon und steckte es in seine Jackentasche. »Ich bin heute Nachmittag wieder da. Ich treffe mich mit unserem Steuerberater. Der ist zum Glück übers Wochenende hier auf der Insel. Das erspart mir den Weg zum Festland.«

»Warte kurz«, rief Janneke. »Onkel Hinrich hat doch hier ein paar ältere Insulaner kennengelernt. Einer der Herren hat erzählt, dass er früher auch hier im Kurorchester in der Wandelhalle gespielt hat.«

»Und der wohnt auf der Insel?«

Janneke nickte. »Er heißt Reinhard Asmus. Er hatte mit seiner Frau eine Pension, Pension Petje. Die Tochter führt aber jetzt das Unternehmen. Außerdem hat Herr Solano einen Reinhard in seinen Aufzeichnungen erwähnt. Das kann doch kein Zufall sein. Kennst du die Familie und die Pension?«

»Pension Petje? Ja, die kenne ich. Die gehörte Reini.« Er setzte sich auf seinen Schreibtischstuhl. »Jetzt fällt mir das wieder ein. Er war auch einer derjenigen, der der Liebe wegen auf der Insel geblieben ist. Seine Frau heißt Petje und die Tochter Geesa Janssen. Vielleicht ist Reini dieser Reinhard aus den Aufzeichnungen und kennt unseren toten Gast.«

»Genau das möchte ich herausfinden. Weißt du, wo die Pension liegt?«

»In der Alten Schulstraße. Du gehst zum Bahnhof, an der Tourist Information vorbei und dann stößt du schon auf die Straße.« Er sah auf die Uhr. »Jetzt muss ich aber los … Ruf mich sofort an, wenn du etwas Neues hast.«

Nachdem Fokke gegangen war, zögerte Janneke nicht lange und machte sich ebenfalls auf den Weg.

Die Pension Petje fand sie auf Anhieb. Die Veranda schmiegte sich an der Vorderseite an das Insulanerhaus. Durch die weißen Sprossenfenster konnte Janneke sehen, dass bereits die Tische für den nächsten Morgen liebevoll eingedeckt waren.

Sie betätigte den Klingelknopf unter dem Namensschild Janssen und stand abwartend vor der dunkelblauen Eingangstür. Vielleicht war ja niemand da? Bestimmte Worte hatte sich Janneke nicht zurechtgelegt, sie vertraute auf ihre momentane Eingebung, um ihrem Gegenüber begreiflich zu machen, um was es ging. Wenn nicht, dann …

Eine Frau Mitte fünfzig öffnete die Tür. »Moin?«

»Moin«, begann Janneke, »entschuldigen Sie die Störung, mein Name ist Janneke Hoogestraat. Ist es möglich, Ihren Vater zu sprechen? Reinhard Asmus ist doch Ihr Vater?«

Irritiert sah die Frau die Besucherin an. »Mein Vater? Was hat er denn jetzt schon wieder …? Was wollen Sie von ihm?«

»Sie haben doch bestimmt auch von dem Todesfall im Nordsee-Hotel gehört?«

Neugierig trat Frau Janssen einen Schritt näher. »Natürlich. Die ganze Insel spricht von nichts anderem. Und was hat mein Vater damit zu tun?«

»Der Verstorbene war früher Mitglied des Kurorchesters, genauso wie Ihr Vater. Deshalb würde ich ihn gerne fragen, ob er den Verstorbenen gekannt hat.«

Frau Janssen biss die Lippen zusammen. Janneke konnte genau sehen, dass sie zwischen *Lass mich doch in Ruhe* und *Ich möchte schon wissen, was es damit auf sich hat* schwankte. Die Neugier gewann.

»Kommen Sie rein«, bat sie, »meine Eltern wohnen hinten.«

Sie führte Janneke durch einen engen, langen Flur zur Hintertür und über einen kleinen Hof in ein rückwärtiges Haus.

»Warten Sie bitte kurz«, wies sie Janneke an. »Ich will meine Eltern nicht so überfallen.«

»Das verstehe ich«, entgegnete Janneke und wartete gespannt.

»Kommen Sie«, bat kurz darauf Reinhard Asmus' Tochter. »Mein Vater erwartet Sie.«

Das Ehepaar saß in der Stube beim Tee. Petje Asmus hielt den Kopf gesenkt. In ihrem tiefschwarzen Haar schimmerte ein grauer Scheitel. Ihr Ehemann sprang sofort auf und nahm

Jannekes Hand. »Moin, jetzt bin ich aber neugierig. Setzen Sie sich doch bitte.«

Frau Janssen nahm ebenfalls Platz und nahm die Hand ihrer Mutter, die jetzt aufgeregt hin und her rutschte.

»Sie müssen mich entschuldigen, dass ich Sie einfach so überfalle, aber Ihre Tochter hat Ihnen sicher schon gesagt, worum es sich handelt.«

»Ja, es geht um den toten Mann aus dem Nordsee-Hotel.« Er zuckte mit den Schultern. »Aber was hat das mit mir tun?«

»Mein Onkel Hinrich Hoogestraat hat Sie und ein paar Ihrer Freunde oben am Strand getroffen.«

»Sie sind die Nichte von Hinrich?«

»Ja, ganz recht.«

Er schlug mit der Hand auf die Sessellehne. »Jetzt wundert mich nicht, dass Sie an einem Mord interessiert sind. Ihr Onkel hat gesagt, Sie schreiben Kriminalromane.«

Janneke nickte. »Ja, das stimmt. Mein Onkel hat mir erzählt, dass Sie früher auch Mitglied im Kurorchester waren, und da habe ich mich gefragt, ob Sie den Verstorbenen kannten und eventuell in der letzten Zeit getroffen haben.«

Reinhard Asmus schüttelte den Kopf. »Was soll ich Ihnen sagen … ich erinnere mich nicht so genau, aber …«

Jetzt ergriff Frau Asmus das Wort. »Klar kennst du den. Er war doch ein paarmal hier und ihr habt euch lange unterhalten.« Triumphierend sah sie die junge Frau an. »Gestritten wäre wohl die bessere Bezeichnung für eure Begegnung. Der hieß Solinto oder so.«

»Der Mann hieß Leonardo Solano«, berichtigte Janneke. »Herr Asmus, können Sie sich an ihn erinnern?«

»Papa, war das der Mann mit dem weißen Schal?«, wollte Geesa Janssen von ihrem Vater wissen.

»Ja, das war er«, gab der Rentner widerwillig zu. »Aber gestritten haben wir nicht.« Böse funkelte er seine Frau an. »Erzähl doch nicht so einen Mist.«

»Also haben Sie ihn in den letzten Jahren getroffen« vergewisserte sich Janneke noch einmal.

»Ja, er war ein paarmal hier bei mir zu Hause. Wir haben uns auch in der Stadt oder am Strand getroffen.«

»Und Sie waren im gleichen Sommer wie Herr Solano hier auf der Insel als Musiker engagiert?«

»Ja, wir haben uns hier kennengelernt und auch einen Teil unserer Freizeit zusammen verbracht.«

»Haben Sie sich gut verstanden?«

»Wie man es nimmt … so unter Musikerkollegen …« Er winkte Janneke zu sich heran und senkte seine Stimme. »Leo war fünf Jahre älter und hatte mehr Erfahrung mit Frauen als ich, wenn Sie verstehen, was ich meine.«

»Könnt ihr nicht lauter sprechen?«, rief Frau Asmus. »Ich verstehe überhaupt nichts.«

Geesa Janssen, die jedes Wort verstanden hatte, war sichtlich peinlich berührt. Sie stand auf und ging mit den hingenuschelten Worten »Ich muss noch nach der Wäsche sehen« hinaus.

Reinhard Asmus lag mit einem grimmigen Gesichtsausdruck zurückgelehnt in seinem Sessel und hatte die Hände gefaltet.

»Können Sie sich erinnern, ob Herr Solano damals eine Freundin hier auf der Insel hatte?«

»Wissen Sie«, raunte der Senior und sah zu seiner Frau, die sich wieder mit ihrer Handarbeit beschäftigte. »Sie können sich ja vorstellen, wie das ist. Ein paar junge Kerle, jeden Abend Musik und gut gelaunte Gäste, da haben wir es krachen lassen.«

»Und Sie können sich aber nicht an eine bestimmte Frau erinnern?«, hakte Janneke nach.

»Junge Frau, das alles ist schon so lange her. Ich kann mich beim besten Willen nicht mehr so genau erinnern. Ich weiß auch nicht mehr, wie die Kollegen im Einzelnen hießen. Der Name Leonardo ist mir auch nur gegenwärtig, weil er hier nach all der Zeit wieder aufgekreuzt ist.« Er verzog sein Gesicht. »Der Kerl war wirklich aufdringlich. Ich bin froh, dass er nicht mehr … Entschuldigen Sie bitte, das ist mir nur so rausgerutscht. Ich sage jetzt nichts mehr. Ich betrachte diese Unterhaltung als beendet.«

Janneke ging davon aus, dass er nicht mehr bereit war, sich mit ihr über seine Jugendsünden zu unterhalten. »Vielen Dank.« Sie reichte Frau Asmus die Hand, während ihr Ehemann seine Arme wieder vor seinem Bauch verschränkte.

Unschlüssig schlenderte Janneke Richtung Bahnhof. Sie setzte sich auf eine der Bänke in dem kleinen Park. Die Märzsonne schien von einem wolkenlosen Himmel. Janneke stellte ihren Kragen hoch, um sich vor dem eisigen Ostwind zu schützen. Ein paar Gäste schlenderten durch den Park und unterhielten sich. Mehrere Mütter mit ihren Kindern standen vor der Tourist Information und studierten die Plakate im Fenster, die auf die aktuellen Veranstaltungen auf Borkum hinwiesen.

Janneke versuchte, den eben abgestatteten Besuch bei Reinhard Asmus logisch einzuordnen. Eines stand fest: Der ältere Mann wusste mehr, als er bereit war, zu erzählen. Eventuell lag es daran, dass seine Frau und seine Tochter anwesend gewesen waren. Worüber hatten sich die beiden Musiker damals unterhalten? Über Frauen? Warum hatten sie gestritten? Und warum hatte Asmus dies abgestritten? Janneke hoffte, dass sich noch einmal die Gelegenheit zu einem Gespräch mit Herrn Asmus ergab.

Sie informierte Fokke Schmidt mittels einer Textnachricht über ihren Besuch bei Familie Asmus. Gerade wollte sie ihr Telefon wieder verstauen, als es klingelte.

»Hoogestraat?«

»Hallo … hier ist Antje … Antje Reentsma.«

Janneke, froh, auf andere Gedanken zu kommen, lächelte. »Du kommst mir gerade wie gerufen. Hast du Lust …«

»Janneke, könntest du kurz bei mir zu Hause vorbeischauen?«

»Ist was passiert?« Janneke war der ernste Ton in Antjes Stimme nicht entgangen.

»Nein … ja … es ist wegen Jörg.«

»Ich bin sofort bei dir«, versprach Janneke. »Ach warte, wo wohnst du denn?«

»In der Deichstraße.« Antje nannte ihr die Hausnummer.

»Ich komme, so schnell ich kann«, versprach Janneke und machte sich umgehend auf den Weg.

## 7. Kapitel

So ein blöder Mist!, fluchte Reinhard Asmus und trat gegen seine Werkbank. Immer, wenn ihm etwas gegen den Strich ging, verzog er sich in seine Werkstatt hinter dem Haus und hoffte, dass ihn dort Ehefrau und Tochter in Ruhe lassen würden.

Was wollte die junge Schnepfe, die vorhin ohne Vorwarnung bei ihm hereingeschneit war, von ihm? Hübsch war sie ja, die Kleine, mit tollen Beinen und vornehmen Schuhen.

Er hatte es sofort im Urin gespürt, dass das noch großen Ärger geben würde, als Leo nach zig Jahren bei ihm zu Hause aufgetaucht war. Wie ein Gigolo mit wohlfrisiertem Bart und einem lässig um den Hals geschwungenen weißen Schal hatte der sich aufgeführt, als wäre er ein geradliniger Nachkomme eines Fürstenhauses. Er selbst hatte den einstigen Kollegen sofort erkannt und das Unheil kommen sehen.

Notgedrungen bat er Leo ins Haus. Petje hatte zum Glück das Zimmer verlassen, aber er kannte seine Frau. Sie würde mit großen Ohren hinter der Tür lauschen.

Leo setzte sich großkotzig in einen der Sessel und starrte Reinhard an. »Schön hast du es hier«, stellte Leo fest und musterte dabei abschätzig die gutbürgerliche Einrichtung des Zimmers.

»Ist das nur ein Kaffeebesuch oder weshalb komme ich zu der Ehre?« Asmus war sauer.

»Ich suche Isabella.«

»Wer soll das denn sein? Keine Ahnung, wen du meinst.«

»Reinhard, du kannst ja nicht vergessen haben, wie wir uns damals die Zeit vertrieben haben.«

»Ach ja, du meinst die junge Frau, mit der du … die aus dem Zeitungsladen?« Reinhard überlegte, ob das junge Mädchen, das Leo immer Isabella genannt hatte, gewusst hatte, dass er auch mit Rosie rumgemacht hatte.

»Da war doch noch die junge Kellnerin vom Ostland?«, grinste Reinhard. »Ich erinnere mich genau. Sie hieß Rosie. Und hatte eine Mordsoberweite.«

»Ich habe mich mit keiner anderen getroffen«, behauptete Leo. »Erzähl doch nicht so einen Quatsch. Ich will nur wissen, wo ich Isabella finden kann.«

»Du hast ja echt einen Knall. Woher soll ich wissen, was aus ihr geworden ist und ob sie überhaupt noch auf Borkum ist?« Asmus hoffte, dass Leo ihm das abnahm. Er war kein großer Lügner, wie Petje immer behauptete. »Leo, wir waren jung und haben heute alles hinter uns gelassen. Noch einmal: Wieso glaubst du, dass ich mich ausgerechnet an deine junge Freundin erinnere? Geschweige denn wissen könnte, wo sie ist und was aus ihr geworden ist? Ich kann dir wirklich nichts sagen. Bist du nun zufrieden?« Reinhard wollte gerade erleichtert aufatmen, da er den Eindruck hatte, dass sich der einstige Kollege mit dieser Antwort zufriedengab.

Aber Leonardo grinste hämisch und erinnerte ihn an etwas sehr Schwerwiegendes aus seiner Vergangenheit. »Hat deine Familie eine Ahnung davon, welche Schuld du auf dich geladen hast?«

»Das ist doch längst Vergangenheit«, entgegnete Reinhard aufgebracht und ballte die Fäuste. »Ich will nicht, dass jemand von all den Dingen etwas erfährt. Ich warne dich. Wenn du etwas verrätst, dann gnade dir Gott.«

Leonardo Solano war daraufhin aufgestanden und hatte wortlos das Haus seines ehemaligen Kollegen verlassen.

Der Rentner verließ seinen Schuppen und setzte sich auf eine Bank unter einen Fliederbusch. Zufrieden stopfte er seine Pfeife, sog den Rauch des Tabaks ein und stieß in kleinen, kurzen Stößen den Qualm wieder aus. Wenn man die Sache genau betrachtete, war doch eigentlich alles gut gelaufen, resümierte Reinhard. Leo würde niemandem mehr verraten können, was er wusste. Der Kerl hatte genau das bekommen, was er verdiente. Der Rentner schob seine Mütze aus dem Gesicht und grinste zufrieden.

***

Janneke brauchte ungefähr zehn Minuten, bis sie vor Antjes Wohnhaus stand. Sofort nach dem Klingeln öffnete eine verheulte Antje und bat Janneke herein.

»Komm, wir gehen nach oben«, schluchzte die junge Frau und zeigte auf eine verglaste Tür im Erdgeschoss. »Meine Oma schläft noch. Ich werde später wieder nach ihr sehen.«

Sie führte Janneke in eine gemütliche Wohnküche. »Ich habe schon mal Tee gemacht.« Antje rückte eine der Teetassen etwas zur Seite. »Setz dich doch bitte.«

»Schön gemütlich hast du es«, meinte Janneke und sah sich um. »Hier kann man sich wohlfühlen.«

»Ja, wenn das nur Jörg auch so sehen würde«, seufzte die Hotelangestellte. »Wir hatten heute Mittag wieder einen heftigen Streit. Er will notfalls auch ohne mich aufs Festland ziehen.«

»Und du kannst ja wegen deiner Oma die Insel nicht einfach so verlassen.« Nur zu gut konnte Janneke den Zwiespalt Antjes nachvollziehen. »Aber er muss doch einsehen, dass du deine Großmutter nicht alleine lassen kannst?«

»Sollte man meinen.« Sarkasmus lag in Antjes Stimme. »Er ist wütend abgehauen und mit der Mittagsfähre nach Emden gefahren.«

Antje füllte die Tassen mit Tee und setzte sich ihrer neuen Freundin gegenüber. »Ich denke, das war es mit Jörg.«

»Vielleicht kommt er wieder zur Besinnung«, versuchte Janneke die junge Frau zu trösten.

Antjes Gesicht bekam einen bitteren Ausdruck. »Im Grunde genommen bin ich sauer auf meine Eltern. Die haben sich aus der Affäre gezogen und haben jetzt ein zufriedenes, abwechslungsreiches Leben in Hannover.«

»Ist es deine Großmutter väterlicherseits?«

»Nein, Oma ist die Mutter meiner Mutter, und die ist schließlich schon Ende siebzig. Also meine Oma … ich bin ganz durcheinander.«

»Vielleicht regelt sich das wieder alles.« Janneke trank einen Schluck Tee. »Obwohl so eine häusliche Pflege sicherlich sehr anstrengend ist neben deinem Beruf.«

»So schlimm ist es nicht«, winkte die Hotelangestellte ab, »es gibt Hilfe vom Pflegedienst und meine Oma ist echt ein Schatz. Obwohl …«

»Obwohl was?«

»Wie soll ich sagen, sie war schon immer psychisch angeschlagen und war mehrmals zur Kur im Harz.« Grübelnd sah Antje aus dem Fenster. »Manchmal kann sie auch sehr ungehalten werden.« Sie wandte sich zu Janneke um. »Meine Mutter hat mir mal erzählt, dass meine Oma als junge Frau einen Selbstmordversuch unternommen hat.«

»Das ist aber tragisch. Hat sie jemals erzählt, aus welchem Grund sie das gemacht hat?«

»Nein, mir gegenüber hat sie das nie erwähnt.« Jetzt lächelte die junge Frau. »Ich versuche alles, damit sie sich wohlfühlt. Das ist mir schon sehr wichtig. Aber immer gelingt es mir natürlich nicht.«

»So eine Enkelin wünscht sich wohl jeder«, meinte Janneke. »Sie kann stolz auf dich sein.«

»Es tut gut, mit jemandem zu reden.« Antje sah zur Uhr. »Ich muss jetzt mal nach ihr sehen. Wenn du Lust hast, komm doch einfach mit?«

»Sehr gerne«, sagte Janneke und folgte Antje über die geschwungene Treppe aus Kirschholz ins Erdgeschoss. In der Parterrewohnung war es dunkel. Antje machte Licht und die beiden Frauen betraten den Flur. Es roch nach Pfefferminz und Urin. Antje öffnete eine Tür. »Oma?«

Im Halbdunkel sah Janneke ein Krankenbett mit einem Haltegriff am Kopfende. Die Person darin hob einen Arm und murmelte etwas Unverständliches.

»Oma, ich habe eine Freundin mitgebracht.« Schnell durchquerte Antje das Zimmer, schob die schweren Vorhänge auseinander und öffnete das Fenster. »Jetzt wird die Luft gleich besser.«

Die alte Frau lächelte jetzt und winkte Janneke zu. »Kommen Sie ruhig näher.«

Vorsichtig beugte sich Janneke zu der alten Frau herunter. »Moin Frau …« Irritiert sah sie Antje an.

»Aggen«, raunte ihr Antje zu.

»Moin Frau Aggen«, begrüßte Janneke die Seniorin und nahm deren Hand, die ihr Antjes Großmutter entgegenstreckte.

»Schön, dass das Kind mal mit jemandem in ihrem Alter zusammen ist«, wisperte sie. »Immer nur mit mir alter Frau zusammen zu sein, ist doch nichts für so ein junges Ding.«

»Aber Oma, du weißt doch, dass mir das nichts macht, im Gegenteil, ich bin gerne für dich da.«

Die Seniorin sah ihre Enkelin an. »Ich weiß, mein Kind, aber richtig ist das nicht.« Sie strich mit ihren mit Altersflecken überzogenen Händen über die Bettdecke. Sie wandte den Kopf und sah die Besucherin an. »Und Sie wohnen auch hier auf der Insel?«

Janneke schüttelte den Kopf. »Ich bin erst seit fünf Tagen auf Borkum, obwohl es mir vorkommt, als wäre ich schon eine lange Zeit hier.«

»Und wo arbeiten Sie?«

»Im Nordsee-Hotel, aber nur eine begrenzte Zeit, dann werde ich wieder nach Hause fahren.«

»Und wo ist das?«

»Das ist ein kleiner Ort in der Nähe von Leer, er heißt Amdorf.«

»In Amdorf war ich schon einmal als junges Mädchen.« Ein Lächeln huschte über das Gesicht von Ilse Aggen. »Wie schön für meine Enkelin, dass sie so eine nette Kollegin hat.« Sie nahm Antjes Hand und drückte einen Kuss auf deren Handrücken.

»Ich gehe mal los«, verabschiedete sich Janneke. »Auf Wiedersehen, Frau Aggen.« Sie umarmte Antje. »Wir sehen uns im Hotel. Und wenn du mich brauchst, ruf mich an.«

Die junge Frau nickte und begleitete ihre Besucherin zur Tür.

Langsam lief Janneke über die Kiekerdünen Richtung Strand. Das Meer peitschte an den Strand, der Wind hatte aufgefrischt. Sie nahm aus ihrer Tasche eine Wollmütze und stülpte sie sich über. Sie war zwar der Ansicht, dass sie mit so einer Kopfbedeckung bescheuert aussah, aber der kalte Ostwind in den Ohren war alles andere als angenehm.

Auf ihrem Weg über die Strandpromenade begegnete sie ein paar Gästen und vielen Müttern mit ihren Sprösslingen, die auf Borkum zur Mutter-und-Kind-Kur weilten.

Sie hatte gerade das Hotel betreten, da verließ Fokke Schmidt die Rezeption und winkte ihr zu. »Hast du Zeit?«

»Ja, klar. Was ist denn passiert?«

»Passiert ist nichts, aber Adriana Solano hat eben gefragt, ob wir noch etwas aus den Aufzeichnungen ihres Vaters hören wollen. Sie wollte in zehn Minuten in meinem Büro sein.«

»Da bin ich aber neugierig.« Sie folgte Schmidt in dessen Büro. »Ich bin wirklich mal gespannt, wie sich die ganze Geschichte weiterentwickelt.«

»Willst du noch mal mit Reinhard Asmus reden?«, wollte Fokke wissen.

»Ich denke ja, er hat sich auf einmal ziemlich bedeckt gehalten. Wahrscheinlich, weil seine Frau und seine Tochter dabei waren.«

In diesem Moment klopfte es und Adriana Solano kam herein. »Passt es jetzt?«

»Ja, wir sind ja froh, dass Sie uns das alles übersetzen.« Fokke war aufgesprungen und rückte der Italienerin einen Stuhl zurecht.

»Ich habe gestern eine Weile in den Aufzeichnungen gelesen und muss sagen, dass ich ein ganz neues Bild meines Vaters bekomme. Ihn in seinen Gedanken als ganz jungen Mann zu begleiten ist schon komisch. Er wollte sicherlich nicht, dass ich das alles lese.«

Janneke nickte. »Das glaube ich auch nicht, aber das ist jetzt eine besondere Situation. Ihr Vater lebt nicht mehr und er wäre sicherlich damit einverstanden, wenn Sie seine Aufzeichnungen lesen. Sie könnten dazu beitragen, seinen Mörder zu finden.«

»Da haben Sie sicherlich recht.« Adriana Solano schlug das Heft auf und begann zu lesen.

## 8. Kapitel

## Isabella

Von diesem Tag an trafen wir uns regelmäßig. Isabella wartete stets am Rande des Saales stehend, bis wir unsere Orchesterarbeit beendet hatten.

Manchmal zogen wir auch mit mehreren Leuten los, saßen am Strand, redeten über alles Mögliche und schmiedeten Zukunftspläne.

»Was machst du, wenn dieser Sommer vorbei ist?«, wollte Isabella von mir wissen.

»Mein Vater wartet schon darauf, dass ich endlich nach Hause zurückkehre und den Betrieb übernehme.«

»Du gehst wieder nach Italien zurück?« Sie sah mich gespannt an.

Was sollte ich sagen? Mein Vater erwartete von mir, dass ich ihn, jetzt, da er älter geworden war, unterstütze. Meine Musik könne ich ja nebenbei betreiben, das war seine Ansicht.

»Ich könnte dich doch mal besuchen«, schlug ich Isabella vor. »Ich war noch nie in Italien, eigentlich noch nie im Ausland.«

»Mal sehen«, wich ich aus. Nein, das war mir doch zu viel. Ich war jung und wollte mich nicht an eine bestimmte Person binden. Ich war verliebt, ja gewiss, und ich genoss die Hingabe dieses Mädchens, aber musste daraus denn etwas Festes werden? Sollte ich hier etwa sesshaft werden? Nein, das kam für mich überhaupt nicht infrage. In diesem Moment dachte ich an Gina, die fröhliche Angestellte meines Vaters. Ich erinnerte mich auf einmal an die gemeinsam besuchten Weinfeste und an die rauschenden Partys, die ich mit meinen Freunden zu Hause besucht hatte. Niemals hatte ich Gina etwas versprochen, aber ich ahnte, dass sie auf das Ende dieses Sommers hoffte und sich auf meine Rückkehr freute und sicherlich mehr erwartete als ein paar Küsse zum Wiedersehen. Jetzt aber war sie weit weg und Isabella sehr nah. Der Gedanke, hier auf Borkum zu leben, war für mich unvorstellbar und absurd.

Reinhard war da anders. In einem nächtlichen Gespräch bei Bier und Wein erwähnte er, dass er es sich ganz gut vorstellen könne, hier zu bleiben, wenn es die Umstände erfordern sollten. Was er genau damit meinte, sagte er nicht. Er kam aus Aachen und war in einer öden Vorortsiedlung aufgewachsen. Seine Eltern waren tot und Geschwister hatte er auch keine. »Also habe ich keinerlei Bindungen zu irgendwem und irgendwo. Es ist schnuppe, wo ich wohne. Und das hier«, er machte eine ausholende Bewegung, »ist ja nicht der schlechteste Ort zum Leben.«

Wie ich später ja erfahren habe, ist er tatsächlich hier sesshaft geworden und hat eine Borkumerin geheiratet. Er kann froh sein, dass niemand erfahren hatte, was er getan hat. Wahrscheinlich hätte man Reinhard mit Schimpf und Schande von der Insel gejagt und er wäre mit Sicherheit im Gefängnis gelandet.

Es war an einem freien Nachmittag und wir hatten Langweile. Isabella musste arbeiten und auch all die anderen jungen Leute, die sich regelmäßig zu uns gesellten, hatten etwas anderes vor. Unsere Zimmer unterm Dach im Haus der Kurverwaltung waren klein und stickig in diesem heißen Sommer. Reinhard hatte eine Flasche Kräuterschnaps organisiert. Frustriert und gelangweilt wanderten wir vom Nordstrand über den Südstrand bis zu dem kleinen Wäldchen *Greune Stee* und immer weiter. Es war fast Mittag und wir hatten außer einem zerkrümelten Paket Salzstangen nichts zum Essen dabei. Wir dösten auf einer Wiese und stritten uns über die Sinnhaftigkeit, in einem kurzen Sommer eine Beziehung mit einer Insulanerin einzugehen.

Wir kamen zu dem Schluss, dass es immerhin zu unserer sommerlichen Unterhaltung beitrug und uns die Langeweile vertrieb.

»Man muss nur aufpassen, dass man sich nicht ernsthaft verliebt«, sinnierte ich, legte mich ins Gras und streckte meine Beine aus.

Reinhard zeigte mir einen Vogel, als ich ihm anschließend noch sagte, dass das mit Isabella etwas ganz Besonderes sei.

»Spinnst du?«, grinste er. »Wo kommen wir denn hin, wenn jedes Geknutsche im ewigen Bund der Ehe enden würde.« Wir stritten noch eine Weile und machten uns schließlich auf den Rückweg.

Die Badegäste hatten den Strand verlassen und saßen in ihren Unterkünften beim Abendessen.

»Ich habe auch einen Schweinehunger«, bekannte Reinhard und schob beide Hände in seine Hosentaschen. »Scheiße«, schimpfte er. »Ich hatte vorhin noch zwanzig Mark.« Panisch sah er sich um.

»Vielleicht hast du die verloren?«, überlegte ich, »wahrscheinlich dahinten, als wir im Gras lagen.« Hoffnungsvoll holte ich meine Geldbörse hervor. »Nur noch fünf Mark«, stellte ich ernüchtert fest. »Morgen werden wir ja ausbezahlt, aber …«

»Und was nützt mir das morgen?«, meckerte Reinhard. »Ich wollte zum Ankerwirt und ein Schnitzel essen. Mit Pilzen und Rahmgemüse.« Er raufte sich die Haare. »So eine Scheiße aber auch.«

Vor dem Haus der Kurverwaltung setzten wir uns auf eine Bank und starrten unschlüssig den wenigen Menschen hinterher, die die milde Abendsonne genossen und durch die Straßen schlenderten.

»Ich hätte noch ein paar Zwiebäcke in meinem Zimmer«, bot ich meinem Kollegen an.

»Quatsch, ich habe eine viel bessere Idee.« Sein Blick war auf die Tür der Kurverwaltung gerichtet, die ein Mann gerade abschloss.

Ich war seinem Blick gefolgt. »Und? Was ist daran so besonders? Der Angestellte der Kurverwaltung macht Feierabend.«

»Aber der Kerl hat vergessen, das Fenster an der Seite fest zu verschließen.«

»Ja, das hat er«, bestätigte ich und sah auf das kleine Fenster, welches in Kippstellung stand.

»Ich habe auch gesehen, dass er keine Geldkassette bei sich hatte.« Reinhard schnalzte mit der Zunge. »Also sind die Kurbeiträge der Gäste noch da drin.«

Empört boxte ich ihm auf den Arm. Ich selbst war für jeglichen Unsinn zu haben und hatte auch schon einige Dummheiten gemacht, aber Diebstahl? »Du willst doch da nicht einsteigen?«

»Doch«, nickte Reinhard, »und die Litfaßsäule wird mich vor den Blicken der Menschen verbergen.« Schon sprang er auf, lief die paar Schritte zum Gebäude und setzte seinen Fuß auf den kleinen Mauervorsprung. Geschickt griff er an den Fenstergriff und hatte das Fenster in wenigen Sekunden geöffnet. Er zwängte sich hindurch und kam nach noch nicht einmal drei Minuten mit einer grünen Geldkassette zurück. Das Fenster zog er fest in den Rahmen, schob die Kassette unter sein Hemd und machte mir ein Zeichen, ihm zu folgen.

Mit seinem Taschenmesser knackte Reinhard wenige Minuten später, hinter einer Hecke hockend, das Schloss und nahm dreihundert Mark heraus. »Herrlich, dafür können wir jeder zehn Schnitzel essen.«

»Ich will davon aber nichts«, meckerte ich. »Wie kannst du die Borkumer beklauen? Alle sind so nett zu uns.«

»Das ist ja wohl die größte Dreistigkeit, die ich in meinem Leben gesehen habe«, brüllte eine Stimme hinter uns. Reinhard und ich fuhren herum. Vor uns stand der Mann, der vor ein paar Minuten das Haus der Kurverwaltung verlassen hatte. Er hatte beide Hände in die Hüften gestemmt und sah uns zornig an. »Ihr nichtsnutzigen Kerle, müsst ihr denn ausgerechnet bei der Kurverwaltung einsteigen? Ich habe jetzt den Ärger.«

Erschrocken waren wir beide aufgesprungen. »Wieso?«, entgegnete Reinhard ruhig und schob die geöffnete Kassette mit seinem Fuß unter die Hecke. »Was wollen Sie von uns?«

Der Mann trat einen Schritt vor. Sein Name war Poppinga. Wir konnten deutlich das Namensschild an seiner Jacke lesen. »Wollt ihr mich veräppeln? Ich habe euch genau gesehen. Es war euer Pech, dass ich noch einmal zurückgekommen bin.« Er hob wütend die Faust. »Also her mit dem Geld und mit euren Ausweisen. Euch werde ich helfen.«

»Hören Sie doch mit dem Quatsch auf.« Reinhard ging auf Poppinga zu, legte beide Hände flach auf dessen Brust und schob ihn von sich. Der Angestellte holte aus und wollte Reinhard eine Ohrfeige geben. Dieser aber gab Poppinga noch einen kräftigen Stoß, sodass der Borkumer hintenüberfiel. Hart schlug er mit dem Hinterkopf auf einen Stein auf. Er nuschelte etwas und fasste sich an den Kopf. »Da, seht euch das an.« Er hielt uns seine blutverschmierte Hand hin.

»Komm, wir verduften«, raunte Reinhard mir zu.

»Wir können ihn doch nicht einfach so liegen lassen.«

»Das bisschen Blut. Ist ja nichts passiert«, entgegnete Reinhard unwirsch und griff nach meinem Arm. Poppinga hatte sich inzwischen aufgesetzt und stieß einen Fluch aus.

»Na siehste«, grinste mein Kollege. »Geht doch wieder.« Streng sah er mich an. »Was ist jetzt? Hast du Hunger oder nicht?«

Er brauchte keine weitere Überredungskunst, denn mein Hunger war doch enorm und mein schlechtes Gewissen versuchte ich zu ignorieren. Ob das Schnitzel, bezahlt mit Diebesgut, wirklich so lecker war, weiß ich nicht mehr, aber das anschließende Sättigungsgefühl war herrlich.

Am nächsten Morgen mussten wir erfahren, dass man Anton Poppinga in der Nacht tot am Bahnhof aufgefunden hatte. Er war aufgrund seiner massiven Kopfverletzungen gestorben.

## 9. Kapitel

»Dann hat Herr Asmus die Kurkasse geplündert und den Mann so verletzt, dass er letztlich daran gestorben ist?« Janneke war perplex. »Das war wahrscheinlich der Grund für den Streit zwischen Leonardo und Reinhard. Ich glaube, ich werde Herrn Asmus noch mal darauf ansprechen.«

Adriana hatte das Heft wieder in ihrer Tasche verstaut. »Ich kann nicht glauben, was mein Vater da getan hat. Er hat sich doch mitschuldig gemacht. Er hätte Hilfe holen müssen. Mein Kopf … Entschuldigen Sie bitte … ich melde mich wieder bei Ihnen.« Sie reichte Fokke und Janneke die Hand und verließ das Büro.

»Meinst du, es wäre möglich, dass Solano Asmus mit seinem Wissen erpresst hat, weil er von ihm Auskunft darüber wollte, wo Isabella ist?«, überlegte Fokke. »Was glaubst du, was hier los wäre, wenn das mit dem geklauten Geld und dem toten Poppinga herauskäme. Da verstehen die Insulaner keinen Spaß.«

»Das kann ich mir vorstellen, auch wenn es lange her ist«, nickte Janneke zustimmend. »Vielleicht ist das als Unfall einzustufen? Der Mann ist unglücklich gestürzt.«

»Die Polizei wird diese Passage aus den Aufzeichnungen ja auch gelesen haben und sicher tätig werden«, stellte Schmidt fest und klappte seinen Laptop zu. »Und die Sache mit der geklauten Kurkasse … Weißt du, in den sechziger Jahren haben die Leute hier auf der Insel nicht so viel Geld verdient wie heute. Die Saison dauerte nur von Mai bis September. Während der restlichen Zeit waren die Insulaner unter sich. Es blieb also nicht viel Zeit, das nötige Geld für das ganze restliche Jahr zu verdienen.«

»Das im Sommer eingenommene Geld musste für das ganze Jahr reichen?«

»So in etwa. Es gab zwar Arbeit in den Hotels, im Rathaus oder bei der Kurverwaltung, aber im Winter war da auch nicht viel zu tun. Das kann man sich heute gar nicht vorstellen. In der kalten Jahreszeit waren die Fenster vernagelt, die Hotelzimmer abgeschlossen und alles lief auf Sparflamme. Heute kommen die Gäste ja fast das ganze Jahr über nach Borkum.«

»Das ist ein gewaltiger Unterschied«, bemerkte Janneke. »Da ist nichts mehr mit winterlicher Ruhe.«

»Alles hat seine Vor- und Nachteile. In der kurzen Saison wurde den Borkumern einiges abverlangt«, erzählte Schmidt weiter. »Viele haben zum Teil im Schuppen geschlafen und ihre eigenen Schlafzimmer an Gäste vermietet, nur damit genug Geld reinkam.«

»Das kann man sich gar nicht vorstellen, fremde Menschen im eigenen Schlafzimmer.« Janneke gähnte. »Es war ein langer Tag. Ich muss mal nach Hinrich sehen. Irgendwie ist der immer unauffindbar.«

»Ich glaube nicht, dass dein Onkel dir hier auf der Insel verloren geht«, grinste Fokke.

»Du kennst diesen Mann nicht«, entgegnete Janneke und klappte ebenfalls ihren Laptop zu.

## 10. Kapitel

»Was sollte diese hirnrissige Scheiße!«, schimpfte Reinhard Asmus und warf seine Mütze zu Boden.

»Was ist denn mit dir los? Gerhard Erdmann tippte sich an die Stirn. »Falsch gefrühstückt oder wie?«

»Du hast ja keine Ahnung«, meckerte Asmus weiter. »Die Polizei war bei mir. Die wollten wissen, ob ich etwas mit dem Tod von dem Mann im Nordsee-Hotel zu tun habe.« Er bückte sich ächzend und nahm seine Mütze wieder an sich.

Uwe Blöhm hatte bis dahin wortlos zugehört. »Wieso sollte die Polizei dich in Verbindung mit dem Mord bringen? Also ich kenne Kalle Bakker gut genug, der würde niemanden so einfach verdächtigen.«

Asmus hatte sich auf die Bank gesetzt. »Na ja, er hat mich ja nicht verdächtigt, aber er wollte wissen, ob ich den Kerl gekannt habe.«

»Und, hast du?«, wollte Gerhard wissen.

»Ja, von damals. Wir waren Kollegen im Kurorchester. Du kennst das ja. Früher war das was für die feinen Pinkel. Hochnäsig waren die und geizig mit den Trinkgeldern, dabei haben wir uns beim Tanztee die Finger wundgefiedelt.«

Uwe setzte sich neben Reinhard. »Hör mal, Reini, das verstehe ich aber nicht. Wieso bringt dich die Polizei überhaupt in Verbindung mit dem Mann aus dem Hotel? Nur weil ihr früher in grauen Vorzeiten zusammen Musik gemacht habt?«

»Ja, erzähl doch mal, wie das damals war«, forderte Gerhard den Rentner auf.

»Aber das kann euch doch nicht entfallen sein? Ihr seid doch schon euer ganzes Leben auf der Insel. Ihr könnt euch doch auch noch an die Abendveranstaltungen im Nordsee-Hotel erinnern?«

»Wann soll das denn gewesen sein?« Uwe zuckte mit den Schultern. »Ich habe keinen Dunst.«

»Reini«, grinste Gerhard. »Du darfst nicht vergessen, dass Uwe und ich zehn Jahre jünger sind als du. Wir waren da sicher noch Jungs, die in den Dünen Räuber und Gendarm gespielt haben.«

»Ja, das könnte gut sein«, musste Reinhard zugeben. »Ich war dreiundzwanzig, als ich zum ersten Mal auf die Insel kam. Dann müsst ihr so zwölf oder dreizehn gewesen sein.«

Gerhard nickte. »Und da hatten wir überhaupt nichts am Hut mit diesem Erwachsenenkram.«

Blöhm zog aus seiner Jackentasche ein Zigarettenpäckchen, schnippte eine heraus und zündete sie, mit dem Rücken zum Wind stehend, an. Entspannt ließ er den Rauch aus seinem Mund entweichen.

»Muss das sein, mit dem Stinkkram?«, meckerte Reinhard. »Hier am Strand in der frischen Luft.«

»Mich würde interessieren, wie Kalle auf den Gedanken gekommen ist, dass du den Mann aus dem Nordsee-Hotel kennen könntest. Kalle ist höchstens vierzig, der kann sich ja beim besten Willen nicht an früher erinnern.«

»Da kommt ja Hinrich«, rief Reinhard, froh, nicht weiter über dieses Thema reden zu müssen. »Und seine neugierige Nichte ist auch dabei.«

Verwundert sah Gerhard in die Richtung, aus der Hinrich und Janneke sich den Bänken näherten. »Woher kennst du die Nichte von Hinrich?« Er pfiff leicht durch die Zähne. »Das ist ja mal eine schicke Maus.«

»Halt doch die Klappe«, mahnte Uwe ihn an.

»Moin Hinrich« rief Reinhard schon von Weitem. »Heute mal in netter Begleitung.«

»Moin die Herren.« Hinrich klopfte Reinhard leicht auf die Schulter. »Meine Nichte wollte zu dir.«

»Na ja, wenn es sein muss«, nuschelte Asmus und sah Janneke an.

Sie reichte ihm die Hand. »Moin Herr Asmus. Ich habe meinen Onkel begleitet, weil ich Sie noch etwas fragen wollte. Hätten Sie mal fünf Minuten?«

Asmus war das sichtlich peinlich. »Warum?«

»Nur ganz kurz«, versprach sie. »Wir könnten uns dort drüben hinsetzen.«

Widerwillig folgte der Rentner der jungen Frau. »Hier ist es ein bisschen windgeschützt«, bemerkte Janneke und setzte sich. Reinhard ließ sich ebenfalls nieder und sah zu Boden.

»Eigentlich geht mich das alles ja gar nichts an«, begann Janneke, »aber ich habe nun mal für solche kriminelle Sachen eine Schwäche.«

»Das merke ich«, brummte Asmus sarkastisch.

»Hat die Polizei Sie schon befragt?«

»Ja, heute Morgen. Sie haben mich gefragt, ob ich über die näheren Umstände des Todes von Solano etwas wüsste. Dass ich Leo gekannt habe, ist ja nun kein Verbrechen.«

»Nein, das ist es nicht.« Janneke hatte nicht die Absicht, den alten Mann bloßzustellen. »Ihr ehemaliger Kollege war ja seit mehreren Jahren hier auf der Insel, um eine bestimmte Frau zu suchen.«

»Ja, ich weiß. Und?«

»Er hat ein paar Aufzeichnungen hinterlassen, aus denen hervorgeht, dass Sie mit Leonardo Solano viel gemeinsame Zeit verbracht haben.«

Er straffte sich. »Haben Sie das etwa gelesen?«

Janneke nickte. »Frau Solano war so nett und hat uns daraus vorgelesen, auch die Sache mit der gestohlenen Kurbeitragskasse und dem Streit mit dem Mitarbeiter der Kurverwaltung.«

»Scheiße. Kalle hat die Notizen von Leo auch gelesen. Er weiß das jetzt mit dem Unfall. Ich habe ihm versichert, dass es keine Absicht war und wir nicht wissen konnten, dass er so schwer verletzt war. Kalle hat gesagt, dass er das aber weitergeben muss, und mir geraten, einen Anwalt zu nehmen. Wenn ich Glück hätte, würde das als Totschlag eingestuft und wäre somit verjährt.« Er biss sich auf die Lippen. »Wer weiß noch davon? Wenn Petje davon erfährt … ich möchte nicht wissen, was sie dann tut.«

Janneke legte ihre Hand auf den Arm des Rentners. »Beruhigen Sie sich, es wird sich sicher alles regeln lassen.«

»Wer weiß davon?« Seine Stimme klang verdrossen.

»Nur Solanos Tochter, Fokke Schmidt vom Nordsee-Hotel und ich. Und wir werden davon niemandem erzählen. Das ist fest versprochen.«

Erleichtert atmete der alte Mann auf. »Dann komme ich hoffentlich mit einem blauen Auge davon. Sie müssen das verstehen. Die Insulaner haben mich in ihre Mitte aufgenommen. Auch wenn das schon so lange her ist und eventuell verjährt ist, wäre es doch vernichtend für mich.«

»Von uns wird niemand von der Sache erfahren«, versprach die junge Frau. »Als ich in Ihrem Haus war, hatte ich den Eindruck, dass Sie nicht gerne über die Bekanntschaft mit Leonardo Solano sprechen.«

»Der Eindruck täuscht Sie nicht«, sagte der Mann. »Er hat mich erpresst, immer wenn er in den letzten fünf Jahren bei mir war. Deshalb haben wir uns auch öfter gestritten. Er hatte sich doch auch schuldig gemacht, oder? Schließlich hat er den Mann ja auch da liegen lassen. Immer wieder hat er mich unter Druck gesetzt. Er hat einfach nicht kapiert, dass ich auch nicht weiß, wo seine Isabella ist.« Er hob die Hände. »Ich habe die Kleine ein- oder zweimal gesehen und das ist sechzig Jahre her. Woher soll ich wissen, was aus ihr geworden ist?«

»Und deshalb gab es Streit zwischen Ihnen?«

»Ja. *Du musst doch wissen, wo sie ist?*, hat er mich angebrüllt. *Ich könnte ja auch mal ausplaudern, was ich weiß*. Leo konnte ganz schön wütend werden. Sehen Sie das hier?« Er zeigte auf die Narbe auf seiner Stirn. »Das war Leo.«

»Er hat Sie verletzt? Wann war das?«

»Das war ein paar Tage nach dem Abend, als ich … als ich das Geld geklaut hatte und wir … Poppinga begegnet waren.«

Jannekes Neugier wuchs. »Was ist denn damals passiert?«

»Na ja … es war so …« Konzentriert betrachtete Asmus seine faltigen Hände. »Wir hatten gut gegessen und schon einiges an Alkohol intus gehabt. Wir wollten dann noch auf einen

Absacker in die Inselkajüte. Wir haben geknobelt. Und dann … wie war das noch? Na … jedenfalls kam Rosie rein.«

»Wer war Rosie?«

»Rosie war eine junge Frau aus Münster, so Anfang zwanzig. Eine sehr hübsche junge Frau mit viel Vorbau. Verstehen Sie?«

»Ja, ich denke. Sie meinen, Rosie hatte eine große Oberweite?«

»Genau das meine ich. Sie trug immer ziemlich ausgeschnittene Blusen. Sie hat als Kellnerin in einem Café im Ostland gearbeitet. Sie wissen ja, wenn man am Nordstrand weiterläuft, kommt man zum Ostland.«

Janneke nickte. »Ja, ich weiß. Da gibt es heute ein paar Lokale, die Touristen machen Ausflüge dorthin.«

»Ja, genau, das meine ich«, sagte der Rentner. »Also Rosie kam auf mich zu …« Er räusperte sich und beugte sich zu Janneke rüber. »Ich hatte ein- oder zweimal was mit ihr« flüsterte er, »wir waren jung und konnten vor lauter Kraft kaum laufen. Sie hat dann angefangen, mit Leo rumzualbern. Der ist sofort darauf eingegangen. Ich habe ihn angestoßen und darauf aufmerksam gemacht, dass er doch schon eine Freundin hätte. Er hat gelacht und gemeint, das sollte ich nicht so eng sehen.«

»Waren Sie eifersüchtig?«

Asmus nickte. »Das muss ich zugeben. Ich sah nie so gut aus wie Leo. Er war groß, und dann der italienische Akzent. Dem Kerl sind die Frauen doch reihenweise nachgelaufen.«

»Und was geschah dann?«

»Das hat sich alles hochgeschaukelt. Außerdem hat uns die Sache mit Poppinga sowieso die ganze Zeit belastet. Und auf einmal hat Leo einen schweren Aschenbecher genommen und mir an den Kopf geknallt.«

»Das muss heftig gewesen sein.«

Jetzt lachte Asmus. »Er hat sich am nächsten Morgen entschuldigt. Ja, ich habe die Narbe als Andenken zurückbehalten. So war Leo eben.«

»Und dann, nach Jahrzehnten, taucht Leo Solano wieder bei Ihnen auf und streitet mit Ihnen, weil Sie nicht wissen, wo seine Isabella ist?«

»Ja, genauso war es. Seit fünf Jahren kam er regelmäßig zur Insel. Wie gesagt, wir haben uns dann auch getroffen und von früher erzählt. Und dann, von einer Sekunde auf die andere, wurde er unwirsch und hatte mich gelöchert. Ich müsste doch wissen, wo Isabella abgeblieben ist. Nur mit Mühe konnte ich ihn dann beruhigen, aber er hat auch nicht davor zurückgeschreckt, mich unter Druck zu setzen. Er hat dann jedes Mal gedroht, mich vor den anderen Insulanern bloßzustellen und mich anzuzeigen. Aber ich konnte ihm wirklich nichts über den Verbleib des Mädchens sagen.«

Janneke dachte kurz nach. »Wieso hatten Sie davor so viel Angst? Er hatte sich doch selbst der unterlassenen Hilfeleistung schuldig gemacht. Meinen Sie wirklich, er hätte Sie verraten?«

Er lachte verbittert auf. »Das kann ich natürlich nicht mit Bestimmtheit sagen, aber seine Drohungen klangen sehr ernst.«

»Herr Asmus, Sie waren doch bestimmt wütend auf Ihren ehemaligen Kollegen?«

»Das können Sie laut sagen«, äußerte er sich empört. »Ich hätte ihm am liebsten schon vor sechzig Jahren den Hals umgedreht.«

»Die Polizei hat Sie doch sicherlich auch gefragt, wo Sie am späten Abend beziehungsweise in der Nacht vor genau einer Woche waren?«

»Was war da? Ist das etwa der Tag, an dem Leo …«

»Ja, genau. Das war die Nacht oder der frühe Morgen, als man ihm seine Verletzung zugefügt hat, an der er letztlich verstorben ist. Die Inselzeitung hat ja ausführlich darüber berichtet.« Janneke bemerkte, dass sich das Gesicht des Rentners mit einer flammenden Röte überzog. »Was haben Sie der Polizei geantwortet?«

Er hob ruckartig den Kopf. »Sie wollen doch nicht andeuten, dass ich …« Er stützte sich auf seinen Gehstock und erhob sich. »Ich bin jeden Abend zu Hause. Ich gehe schon seit vielen Jahren abends nirgendwohin. Wie sollte ich auch mit meinen kaputten Beinen?« Er sah Janneke giftig an. »Und jetzt entschuldigen Sie mich bitte«, zischte er und eilte davon, so schnell er konnte.

***

»Er hat zugegeben, dass er eine ordentliche Wut auf Solano hatte, weil dieser ihn immer wieder unter Druck gesetzt hat«, sagte Janneke und berichtete Fokke von ihrem gestrigen Zusammentreffen mit Asmus, von dem erbitterten Streit zwischen Leonardo Solano und seinem ehemaligen Kollegen um die vollbusige Kellnerin Rosie und der Attacke mit dem Aschenbecher. »Aber jetzt ist er ein alter Mann. Wie sollte er in der vergangenen Woche mit einem Stilett Solano in den Rücken gestochen haben?«

Fokke Schmidt stapelte ein paar Papiere und sah sich suchend um. »Wo ist er denn schon wieder? …ach hier.« Triumphierend hielt er seinen Schlüsselbund hoch. »Was hast du gerade gesagt?«

»Ich habe mich gefragt, ob Reinhard Asmus mit seinen dreiundachtzig Jahren Solano diese Verletzung zugefügt haben kann.«

»Reinhard Asmus?«, überlegte der Hotelier laut. »Der läuft doch am Stock? Kalle hat zwar gesagt, dass nicht viel Kraft nötig ist, jemanden mit einem Stilett zu verletzen, aber dieser alte Mann? Er hat ja Mühe vorwärtszukommen. Also, wenn du mich fragst, ist das unmöglich.«

»Das habe ich mir auch gedacht.« Sie schaltete ihren Laptop ab. »So, ich mache jetzt meine wohlverdiente Mittagspause.«

»Du hast es gut.« Er deutete auf den Papierstapel. »Ich muss das alles noch durcharbeiten.«

»Dann lass dich nicht stören«, feixte Janneke und ließ den Unternehmer alleine.

An der Rezeption traf sie Antje. »Moin Janneke, machst du jetzt Mittag?«

»Ja, es ist so schön draußen.« Janneke fuhr sich durch ihre kurzen Haare. »Kannst du mir einen Friseur empfehlen? Es wird mal wieder Zeit, und ich denke, das würde mir heute sehr guttun.«

»Ja, die Inselfriseurin. Tina Blume ist eine Freundin von mir. Ich kann sie nur empfehlen …« Antje hustete plötzlich. »Entschuldige, aber mein Hals, der kratzt wie verrückt.«

»Bist du erkältet?«

Die junge Frau an der Rezeption nickte. »Ich habe mir sicher was eingefangen. Maria hat mir schon ein paar Halsbonbons gegeben.«

»Du Arme«, bedauerte Janneke ihre Kollegin. »Vielleicht wird es besser, wenn du zu Hause ein heißes Bad nimmst?«

Antje nickte. »Ja, das wird das Beste sein.«

Zwanzig Minuten später saß Janneke in einem bequemen Stuhl bei der Inselfriseurin. Antje hatte nicht zu viel versprochen. Tina Blume verstand ihr Handwerk.

»Das ist super geworden«, freute sich Janneke, als die Friseurin ihr mittels eines großen Handspiegels ihren Hinterkopf im großen Spiegel zeigte.

»Zufrieden?« Tina Blume sah Janneke über die Schulter und blickte ebenfalls in den Spiegel.

»Sehr zufrieden«, freute sich Janneke. Gut gelaunt verließ die junge Ostfriesin den Friseurladen und lenkte ihre Schritte zum Strand. Ein paar Minuten dem Geräusch des Meeres lauschen, kurz die Gedanken laufen lassen, nahm sie sich vor. Ja, das war genau das Richtige.

Auch jetzt im März waren zahlreiche Gäste auf der Insel. Janneke erinnerte sich, dass ein Mediziner einmal gesagt hatte, dass ein einwöchiger Aufenthalt im Hochseeklima der Insel den gleichen Erholungswert hätte wie drei Wochen Ferien im sonnigen Süden.

Janneke ergatterte noch einen freien Platz auf einer der Bänke an der Promenade direkt beim Musikpavillon. Sie lehnte sich entspannt zurück und schloss die Augen. Ihre Gedanken wanderten zu ihrem gerade begonnenen Manuskript. Vielleicht konnte sie das Angenehme mit dem Nützlichen verbinden und ihre Protagonistin kurzerhand nach Borkum schicken? Das wäre insofern von Vorteil, dass sie jetzt Gelegenheit hätte, direkt hier vor Ort zu recherchieren. Aber da war ja auch noch die Sache mit dem getöteten Italiener, die ihre unbändige Neugier geweckt hatte. Was war schon eine erdachte Geschichte gegen einen handfesten Mordfall, dessen Auswirkungen sie direkt miterlebte? Und das brachte sie zu der Erkenntnis, dass das reelle Geschehen am wichtigsten war. Was wiederum die Frage aufwarf: Wo könnte diese geheimnisvolle Isabella sein? War sie noch auf der Insel? War sie vielleicht schon verstorben? Sie wusste, dass Fokke Schmidt bei jeder Gelegenheit versuchte, etwas über die damalige Freundin Solanos zu erfahren.

Janneke nahm sich vor, den Zigaretten- und Zeitschriftenladen am Bahnhof aufzusuchen, in dem die junge Frau damals tätig gewesen war.

Entschlossen sprang sie auf und eilte auf die breite Steintreppe zu, die zu der oberen Promenade führte.

»Ich habe Sie nicht gleich erkannt«, rief hinter ihr eine Stimme. »Aber Ihre Schuhe … die trägt sonst niemand hier.«

Als sich Janneke umgedreht hatte, blickte sie in das verhärmte Gesicht von Petje Asmus.

»Moin Frau Asmus, wie geht es Ihnen?«

Sie zuckte mit den Schultern. »Na ja, wie soll's schon gehen?« Sie blickte sich um. »Ich komme oft hierher, wenn ich nachdenken muss.«

»Das ist hier auch ein wunderbarer Ort, seinen Gedanken freien Lauf zu lassen.« Die junge Frau hielt die leicht schwankende Petje Asmus am Arm fest. »Sie sollten sich lieber setzen«, empfahl sie und führte die ältere Dame zu einer freien Bank.

»Sehr nett von Ihnen«, bedankte diese sich. »Wenn ich länger stehe, wird mir manchmal ein bisschen schwindlig.«

Janneke nahm neben der Rentnerin Platz. »Das kommt auch sicher von den schnellen Wetterwechseln, mal kalter Ostwind und dann wieder strahlender Sonnenschein, so wie heute.«

Frau Asmus seufzte hörbar. »Ja, und dann der Besuch meines Mannes bei der Polizei wegen des Mordes an seinem ehemaligen Kollegen. Sie wissen ja davon. Er musste eine Aussage machen. Ich wurde ebenfalls befragt. Netterweise ist Kalle Bakker zu uns nach Hause gekommen, weil ich … ich bin sehr ängstlich und mein Kreislauf …«

»Das hat doch sicher nicht lange gedauert«, vermutete Janneke.

»Nein, das ging ganz schnell. Kalle hat gesagt, dass das alles nur reine Routine wäre.«

»Ich vermute, der Kommissar wollte von Ihnen wissen, ob Ihr Mann zum fraglichen Zeitpunkt zu Hause war.« Janneke sah in das unbewegliche Gesicht der alten Frau. »Er war doch auch an diesem Abend zu Hause? So hat er es gestern mir gegenüber erwähnt. Das konnten Sie sicher schnell bestätigen.«

Zu Jannekes Erstaunen schüttelte Frau Asmus den Kopf. »Nein«, flüsterte sie zögerlich. »So ganz stimmt das nicht. Er war in dieser Nacht nicht im Haus. Ich habe es der Polizei gegenüber verschwiegen, aber das Wissen um meine Lüge … es kam ganz spontan raus und jetzt ist mir ganz schlecht.«

»Ihr Mann war die ganze Nacht nicht zu Hause?«, fragte Janneke noch einmal nach. »Wissen Sie denn, wo er war?«

Frau Asmus überlegte einen Moment. »Mit Sicherheit kann ich es natürlich nicht sagen, aber hin und wieder schläft er in seiner Werkstatt, da steht so ein altes Sofa. Ich nehme an, dass er in besagter Nacht auch dort geschlafen hat. Und dann hätte ich ja noch nicht einmal gelogen, er war eben nur nicht im Haus.«

»Aber Sie haben ihn nicht zu Gesicht bekommen?«

»Nein, er kam am Morgen ganz normal in die Küche und hat sich an den Frühstückstisch gesetzt.«

Das bedeutet ja, dass Reinhard Asmus kein stichhaltiges Alibi hat, überlegte Janneke, aber ein Motiv. »Und warum schläft er manchmal dort?«

»Es ist immer das Gleiche«, sagte Frau Asmus. »Meistens geht es darum, dass er sich auf einmal nicht als vollwertiges Mitglied der Gesellschaft sieht.« Sie tippte sich an die Stirn. »Dabei war er früher bei der Borkumer Feuerwehr und im Shantychor. Mein Mann hat sich da wohlgefühlt, so hat er jedenfalls immer gesagt.«

»Hat er sich abgelehnt gefühlt?«

»Früher nie, aber als er älter wurde, hatte er oft so komische Gedanken.« Sie nahm Jannekes Hand. »Kind, Sie sind noch sehr jung, aber im Alter werden Männer merkwürdig, das kann ich Ihnen versichern.«

»Und deshalb zieht er sich manchmal in seine Werkstatt zurück?«

»Ja, meistens geht ein heftiger Streit voraus. Er sagt meist dieselben Sätze. *Du meinst also auch, ich gehöre nicht hierher* oder auch: *Jetzt, wo ich alles instandgesetzt und das Haus deiner Eltern auf Vordermann gebracht habe, jetzt scheißt du mir vor den Koffer?* Es ist immer die gleiche Leier. Aber um auf Ihre Frage zurückzukommen, er war in dieser Nacht definitiv nicht im Haus.«

Janneke biss sich auf die Lippen. Was vermutete Frau Asmus? Verdächtigte sie ihren Mann? Sie beschloss, Reinhard Asmus' Ehefrau einfach danach zu fragen. »Wäre Ihr Mann in der Lage, jemandem etwas anzutun? Schließlich ist er dreiundachtzig und gesundheitlich nicht auf der Höhe.«

Petje lachte bitter auf. »Das täuscht, er ist noch fix bei der Sache. Nur nach außen hin markiert er den Gebrechlichen. Ich denke, er will bedauert werden. Sogar unsere Tochter nimmt ihm seine Hilflosigkeit ab. Aber ich sehe ja, wie er sich bewegt, wenn er sich unbeobachtet glaubt. Da ist er sehr agil.«

Janneke brauchte einen Moment, um die Tragweite der Worte einzuordnen. Das hieße also, dass der alte Mann durchaus in der Lage gewesen wäre, seinem Opfer aufzulauern und den tödlichen Stich auszuführen.

»Für mich reicht das heute«, riss die Stimme von Reinhard Asmus' Ehefrau Janneke aus ihren Gedanken. »Ich werde jetzt langsam nach Hause gehen.« Sie lächelte die junge Frau an. »Und die Dinge, die ich Ihnen eben über meinen Mann erzählt habe … ich habe mich gerade entschlossen, Kalle Bakker die Wahrheit zu sagen.« Sie seufzte. »Ich glaube, dass ich dann wesentlich besser schlafen kann. Gleich morgen früh gehe ich zur Polizei.« Sie winkte Janneke noch kurz zu und machte sich auf den Heimweg.

Da wird Reinhard Asmus aber sauer auf seine Frau sein, vermutete Janneke. Konnte es doch möglich sein, dass der alte Mann für Leonardo Solanos Tod verantwortlich war? Er war wütend auf Solano und hatte sicher Angst, dass alles herauskommen könnte.

Janneke machte sich auf den Weg zum Nordsee-Hotel, um auf ihrem Zimmer in aller Ruhe über das eben Gehörte nachzudenken. Zuvor aber machte sie einen kleinen Umweg, um ein paar Postkarten für ihre Nachbarn Elsie und Jan Klüverboom zu kaufen. Die beiden sahen während Onkel Hinrichs und ihrer Abwesenheit zu Hause in Amdorf nach dem Rechten und versorgten ihre Katze Fräulein Schneider.

Jannekes Telefon vibrierte. Hinrich hatte ihr eine Textnachricht geschickt, dass er am Abend bei Uwe und seiner Familie zu Gast war, um gemeinsam mit ihnen Uwes Geburtstag zu feiern. Das war wieder mal typisch Hinrich. Er fand immer sofort Anschluss, gewann zügig Freunde und war immer unterwegs.

Am Neuen Leuchtturm erblickte sie Antje, die zusammengesunken, den Kopf in die Hand gestützt, auf einer der Bänke saß. »Antje«, sagte Janneke und tippte der Hotelangestellten auf die Schulter. »Ist etwas nicht in Ordnung?«

Ach Janneke, gut, dass du kommst«, stöhnte Antje, »Ich glaube, ich habe Fieber.«

Janneke legte ihre flache Hand auf Antjes Stirn. »Oh, du bist ganz heiß.«

»Mir ist aber kalt«, stotterte Antje und biss sich auf die Lippen.

»Das kommt von dem Fieber. Komm, ich bringe dich nach Hause.« Sie nahm Antje am Arm und lief mit ihr langsam zum Taxistand am Bahnhof.

## 11. Kapitel

Adriana Solano gelang es zuweilen, zu vergessen, weshalb sie sich auf der Insel aufhielt. Sie lief oft stundenlang am Strand entlang bis zum Strandcafé Sturmeck, trank eine heiße Schokolade und wanderte wieder zurück. In einem italienischen Lokal gönnte sie sich am Abend ein ausführliches Abendessen und plauderte mit dem Wirt, der in der Nähe des Weingutes ihrer Großeltern aufgewachsen war.

Ich sollte öfter auf eine der Ostfriesischen Inseln fahren, überlegte sie, denn die Luft, die Weite und das Meer trugen maßgeblich zu ihrer Entspannung bei.

Die letzten Jahre waren sehr schwer gewesen, die Trennung von ihrem Mann, der Auszug der beiden Söhne und auch das distanzierte Verhältnis zu ihrem Vater hatten sie zunehmend belastet. Es war immer eine gewisse Fremdheit zwischen ihnen gewesen. Ihre Mutter hatte mal gesagt, dass er oft mit seinen Gedanken woanders war.

Als ihr Vater begann, jedes Jahr mehrmals nach Borkum zu reisen, hatte er es angeblich nie einrichten können, seine Reise bei ihr in Berlin zu unterbrechen.

Adriana war froh, dass sie die schriftlichen Erinnerungen ihres Vaters nicht alleine lesen musste, sondern in Gegenwart des Hoteldirektors und dieser jungen Journalistin. Die Anwesenheit der beiden und das Lesen der Aufzeichnungen in Etappen gaben ihr das Gefühl, etwas Abstand zu den Worten ihres Vaters zu haben. Und das war ihr mehr als recht, auch wenn sie in manchen Momenten sehr neugierig auf den Inhalt der restlichen Aufzeichnungen war.

Nach einem ausgedehnten Morgenspaziergang und einem reichhaltigen Frühstück betrat sie ihr Zimmer, um sich einen dickeren Schal zu holen. Ihr Blick fiel auf den Koffer ihres Vaters, den ihr die Polizei vor drei Tagen ausgehändigt hatte.

Unschlüssig nahm Adriana das Gepäckstück und legte es auf ihr Bett. Nach einem kurzen Moment des Zögerns öffnete sie den Koffer. Jemand hatte nachlässig die Kleidung und Schuhe dort wieder hineingelegt. Was hatte die Polizei gehofft, hier zu finden? Vorsichtig nahm Adriana ein paar Dinge hinaus. Einen weichen Wollpullover hielt sie unter ihre Nase. Ja, der Geruch ihres Vaters war noch da. Verwundert stellte sie fest, dass der Verlust ihres fremden Vaters sie doch mehr schmerzte, als sie angenommen hatte. Fast liebevoll legte sie das Kleidungsstück zurück in den Koffer. Aus einer Seitentasche zog sie ein Brillenetui hervor. Es enthielt eine Lesebrille und einen Schlüsselanhänger mit einem halben Herz aus Silber. Adriana konnte sich nicht erinnern, diesen Gegenstand schon einmal gesehen zu haben. Hatte das mit dieser Isabella zu tun? Vielleicht war es an der Zeit, mit dem Lesen der Aufzeichnungen fortzufahren. Sie wählte die Nummer der Rezeption und ließ sich mit dem Hoteldirektor verbinden.

***

Janneke hatte die fiebrige Antje ins Bett gesteckt. Sie verabreichte ihr zwei Aspirintabletten aus dem Badezimmerschrank, die die zitternde Angestellte mit einem Glas Wasser einnahm.

»Gleich kommt der Pflegedienst«, wisperte die Kranke. »Kannst du Bescheid sagen, dass ich im Moment nicht kann?«

»Das mache ich«, versprach Janneke, »bleib du nur liegen. Ich werde mich um deine Oma kümmern.«

Dankbar nickte Antje, legte den Kopf zurück und schlief auf der Stelle ein.

Janneke ging nach unten in die Wohnung von Ilse Aggen. Vorsichtig klopfte sie an der Zimmertür der alten Frau. »Moin. Nicht erschrecken, Frau Aggen, ich bin es, Janneke Hoogestraat.« Sie öffnete die Tür ganz und trat ein.

Neugierig hob Frau Aggen den Kopf. »Die junge Frau vom Festland?«

»Ja, die Kollegin Ihrer Enkelin aus dem Nordsee-Hotel.«

»Wo ist Antje?«

»Sie fühlt sich nicht gut. Ich habe sie ins Bett verfrachtet.«

»Ach Gott, das arme Kind«, stöhnte Antjes Großmutter. »Ich mache mir die ganze Zeit schon Sorgen um die Lütte. Sie ist sehr nervös und viel zu ernst für ihr Alter.«

Janneke zog sich einen Stuhl heran und setzte sich. »Ich glaube, es ist aber kein Opfer für Antje, Sie zu umsorgen.«

»Ja, ich weiß, sie würde alles tun, nur damit es mir gut geht.« Energisch schüttelte die alte Frau den Kopf. »Aber sie ist so jung … und dann dieser fürchterliche Kerl.« Sie lachte auf. »Auch wenn meine Enkelin traurig darüber ist, ich bin froh, dass sie den Kerl los ist.« Mit einem Schwung schlug Frau Aggen ihre Bettdecke zurück. »Sie könnten mir vielleicht kurz helfen. Ich will mich ein wenig in den Sessel setzen.«

Sie ergriff Jannekes Arm und war mit zwei Schritten bei einem Ohrensessel, in den sie sich mit einem Seufzer fallen ließ.

»Brauchen Sie noch ein Kissen in Ihren Rücken?« Janneke schob die kleine Fußbank etwas näher.

Die Seniorin schüttelte den Kopf. »Alles bestens. Ich sitze gerne hier. Ich kann die Leute auf der Straße beobachten. Sie glauben gar nicht, wie unterhaltsam das sein kann.«

»Das kann ich mir gut vorstellen«, meinte Janneke, »im Sommer spazieren bestimmt viele Touristen hier vorbei.«

»Ja, genauso ist es.« Ilse Aggen raffte ihre hellblaue Mohair-Strickjacke vorne zusammen. »Ja, das sind die einzigen Freuden, die man noch hat. Wenn ich da an früher denke. Was haben wir geschuftet, aber es war auch schön.«

»Was haben Sie denn beruflich gemacht?«, fragte Janneke nach.

»Viele Dinge habe ich gemacht. Mit siebzehn kam ich auf die Insel. Meine Eltern fanden es gut, wenn ich mir den Wind um die Nase wehen lasse. Erst habe ich in einem Hotel ausgeholfen, später in verschiedenen Geschäften. Am besten hat es mir im Kinderheim gefallen, dort habe ich auch einige Zeit gearbeitet. Später habe ich geheiratet und meine Tochter bekommen.« Sie streckte den Kopf etwas vor und sah einer jungen Frau nach, die einen Kinderwagen schob. »Sehen Sie die junge Mutter? Sie hat noch ihr ganzes Leben vor sich. Hoffentlich macht sie das Beste draus.«

Janneke war überrascht, wie ernst Antjes Großmutter auf einmal war.

Frau Aggen wurde nachdenklich. »Zum Glück weiß man in seiner Jugend nichts davon, was einem im Leben so alles zustößt.«

»Ja«, nickte Janneke, »denn wenn man das ahnen würde, dann …«

Die Klingel an der Haustür unterbrach das Gespräch. Janneke wollte aufstehen. »Bleiben Sie ruhig sitzen. Das ist der Pflegedienst, die haben einen Schlüssel.«

Einen kurzen Moment später stand eine junge Frau im Zimmer. »Moin, Sie haben ja Besuch.«

Frau Aggens Gesicht erhellte sich. »Ja, eine schöne Abwechslung.«

»Ich werde mich dann besser verabschieden«, sagte Janneke zu der Pflegerin. »Antje ist krank und ich habe sie ins Bett gepackt. Sie hat mich gebeten, Ihnen das zu sagen.«

»Ich werde mal nach ihr sehen«, versprach die Pflegerin.

»Auf Wiedersehen, Frau Aggen.« Janneke reichte ihr die Hand. »Es war sehr schön, mit Ihnen zu plaudern.«

Mit beiden Händen nahm die alte Frau Jannekes Hände. »Kommen Sie wieder vorbei. Für Antje und mich wäre es ein Vergnügen.«

»Das ist ganz fest versprochen.« Janneke registrierte, dass die Augen der Seniorin vor Freude leuchteten.

Auf dem Nachhauseweg grübelte Janneke darüber nach, wie es einmal sein würde, wenn Onkel Hinrich auf Pflege angewiesen war. Im Moment war es so, dass er für sie sorgte wie eine Mutter für ihr Kind. Er kaufte ein, kochte und hielt Haus und Garten in Ordnung. Janneke war sich sicher, dass das noch lange so bleiben würde. Später würde sich sicher alles, wenn man nur wollte, regeln lassen.

»Janneke, kommst du mal bitte«, rief Fokke, als sie das Hotel betreten hatte. Er streckte seinen Kopf aus dem Büro hinter der Rezeption hervor. »Frau Solano hat gefragt, ob wir nachher kurz Zeit hätten. Sie hat den Koffer ihres Vaters ausgepackt und etwas Bemerkenswertes gefunden.«

»In einer halben Stunde bei dir im Büro?«

»Geht in Ordnung, ich rufe sie an und sage ihr Bescheid.«

»Sehen Sie, das habe ich im Koffer meines Vaters gefunden«, sagte Frau Solano eine halbe Stunde später und reichte Janneke den Schlüsselanhänger mit einem halben Herz. Es sah aus, als wäre es in der Mitte auseinandergebrochen worden, die Bruchstelle war uneben.

»Der Anhänger ist schon ziemlich alt«, urteilte Janneke und wendete den Schlüsselanhänger hin und her. »Er hat viele Kratzer.«

»Sieht das nicht aus, als wäre er die Hälfte von einem Ganzen?«, überlegte Adriana. »Wer weiß, wie lange ihn mein Vater schon mit sich herumgetragen hat.«

Nachdem Fokke Schmidt den Anhänger ebenfalls in Augenschein genommen hatte, gab er ihn der Tochter des Opfers zurück. »Eigentlich müsste die zweite Person nicht den gleichen Anhänger besitzen, sondern das Gegenstück. Wenn man die beiden Hälften nebeneinanderlegt, fügen sich die Unebenheiten ineinander und es ergibt ein ganzes Herz.«

»Gab es damals schon diese Dinge für Verliebte, wo jeder eine Hälfte besitzt?«, wunderte sich Janneke. »Ich dachte, das wäre ziemlich neu.«

Mit nachdenklichem Gesicht saß der Hotelier hinter seinem Schreibtisch. »Es wäre möglich, dass Isabella ihr halbes Herz auch noch besitzt.«

»Das könnte gut sein«, sagte Janneke, »aber niemand weiß, ob es sich dabei wirklich um Isabella handelt. Adriana, hatte Ihre Mutter eventuell solch einen Anhänger?«

Die Italienerin schüttelte den Kopf. »Meines Wissens nicht. Sie stand nicht auf solche nostalgischen Dinge. Aber ich hatte auch keine Ahnung, dass mein Vater so ein Herz besaß.«

»Also, nehmen wir mal an, Isabella hat das Gegenstück«, überlegte Janneke. »Ich denke, es wird schwierig … nein, eigentlich unmöglich sein, sie zu finden. Reinhard Asmus weiß sicherlich, wie Isabella damals ausgesehen hat. Aber sie wird sich in den Jahrzehnten stark verändert haben. Und niemand weiß, ob sie nicht schon längst die Insel verlassen hat oder ob sie überhaupt noch lebt.«

»Wahrscheinlich war deshalb die Suche meines Vaters erfolglos«, resümierte Adriana. »Vielleicht erfahren wir durch die Aufzeichnungen mehr.«

Janneke nickte und hoffte, dass in Leonardo Solanos Aufzeichnungen auch ein Hinweis über den Mörder zu finden war.

## 12. Kapitel
## Isabella

Reinhard war nach dem Vorfall mit dem Mann von der Kurverwaltung einfach zur Tagesordnung übergegangen. Er sagte, man solle solche Dinge einfach vergessen und weitermachen wie bisher. Das taten wir auch. Wir erfüllten unseren Vertrag, gaben Konzerte und in unserer Freizeit vergnügten wir uns am Strand oder in den Inselkneipen.

Isabella und ich waren fast jeden Tag, und wenn es nur für eine halbe Stunde war, zusammen. Hin und wieder sagte sie, sie habe keine Zeit. Einen Grund nannte sie nicht. Ich genoss es, dass das junge Mädchen in mir den erfahrenen Mann von Welt sah. Das schmeichelte mir ungemein. Ich zeigte ihr ein paar Fotos von unserem Weingut, schwärmte von dem milden Klima und dem südlichen Flair bei mir zu Hause.

»Es ist so anders als hier bei euch im Norden«, erzählte ich. »Hier geht es viel rauer zu. Die Menschen sind immer beschäftigt und verschließen sich oft. Bei uns ist immer große Gesellschaft angesagt, die ganze Familie sitzt jeden Abend um den großen Esstisch, im Sommer im Garten, herum. Es wird getrunken und viel gelacht.«

Ihr Augen leuchteten. »Das hört sich so schön an. Eine große Familie, alle Kinder zusammen … eines Tages komme ich und sehe mir das an.«

Ich weiß bis heute nicht, warum ich das damals sagte, aber ich versprach ihr spontan, nach meiner Abreise wieder zur Insel zu kommen und sie mit nach Italien zu nehmen. Isabella war glücklich und strahlte mich an.

Reinhard hingegen zeigte mir einen Vogel, als ich ihm davon erzählte. »Bist du bekloppt? Das ist doch nur so ein Sommerverhältnis. Du hast doch gesagt, du hättest eine Freundin zu Hause?«

»Na ja, Freundin ist zu viel gesagt, aber … Gina, na ja, sie ist schon so etwas wie meine Freundin.«

»Also erzähl dem Mädchen hier nicht so eine Scheiße.« Er nahm mich am Arm. »Komm, wir genehmigen uns einen«, schlug Reinhard vor. »In der Inselkajüte ist immer was los.«

»Von mir aus, Isabella kann heute sowieso nicht.«

Wir tranken, hatten Spaß und freuten uns des Lebens. Zu später Stunde kam Rosie herein. Ein Vollweib, ich musste sie dauernd ansehen. Sie war so ganz anders als die mädchenhafte Isabella. Rosie flirtete heftig mit mir. Ich war nicht abgeneigt und rückte näher an sie heran. Reinhard hingegen war sauer. Ein paarmal wollte er mich aus der Kneipe lotsen, aber ich ignorierte dies. Rosie hatte sich inzwischen eng an mich gepresst und ihren Arm um meine Hüften gelegt.

Dann passierte es. Reinhard und ich gerieten in Streit und fingen an, uns zu prügeln wie die Jungs auf einem Schulhof. Auf einmal hatte ich einen Aschenbecher in der Hand und knallte ihn Reinhard an den Kopf. Er hat heute noch eine Narbe auf der Stirn. Am nächsten Morgen habe ich mich bei ihm entschuldigt.

»Du musst dich ein bisschen zusammennehmen«, meckerte er, »und nicht jedem Weib hinterherjagen. Hier auf der Insel spricht sich alles schnell herum. Schließlich sind wir noch einen ganzen Monat hier.«

»Du hast ja recht«, sagte ich zerknirscht.

Am Abend stand Isabella wieder in der Wandelhalle und wartete, bis wir unser Konzert beendet hatten.

»Komm, wir gehen zum Strand«, schlug sie vor und hakte mich unter, »es ist eine so schöne Sommernacht.«

Wir fanden ein leeres Strandzelt, hielten uns an den Händen und verbrachten dort die Nacht. Ich beobachtete sie, wie sie tief und entspannt schlief. Ich schämte mich ein wenig. Sie war ja noch fast ein Kind und hatte keine Ahnung, was das Leben noch zu bieten hatte.

Als es hell wurde, schlug sie die Augen auf. »Ich bin sicher nicht die Einzige, mit der du dich triffst«, waren ihre ersten Worte.

»Wie kommst du darauf?«

»Sowas spricht sich hier auf Borkum schnell rum.« Sie ordnete ihre Kleidung. »Es ist nur so, wenn du … ich meine, auch mit anderen … das will ich nicht!« Sie sah zu Boden. »Dann sollten wir uns hier und jetzt verabschieden.«

»Aber Isabella«, wandte ich ein, »wie kannst du glauben, dass ich … wer erzählt denn sowas?« Auf gar keinen Fall wollte ich, solange ich auf der Insel war, auf die Gesellschaft von Isabella verzichten.

»Dann schwöre, dass ich die Einzige für dich bin.« Sie blickte mich ganz ernst an. Ich tat ihr den Gefallen, wenn auch widerwillig. Aber sie sah mich weiterhin misstrauisch an.

»Ich werde es dir beweisen«, rief ich und meinte das in diesem Moment auch durchaus ernst. Wir verabredeten uns für den Nachmittag. »Lass dich überraschen.«

In einem Geschäft am Bahnhof fand ich zwei Schlüsselanhänger mit jeweils einem halben Herzen, die, wenn man sie nebeneinanderlegte, ein ganzes Herz ergaben.

Als ich Isabella ihre Hälfte reichte, fiel sie mir sofort um den Hals. »Ich werde dieses Symbol unserer Liebe nie weggeben, sondern immer behalten.« Sie steckte es in ihren Ausschnitt und legte beide Hände auf ihre Brust. »Da ist es sicher.«

Heute kann ich nur meine Jugend als Entschuldigung anführen, dass ich ihr vorgemacht habe, ein gemeinsames Leben mit ihr zu planen. Direkt ausgesprochen hatte Isabella es nie, aber es war offensichtlich, dass sie felsenfest davon ausging, dass ich ihr zukünftiger Ehemann war und mit ihr eine Familie gründen würde. Meinen Schlüsselanhänger hatte ich im Laufe der späteren Jahre verschlampt. Durch Zufall, Gina hatte sich in den Kopf gesetzt, den Dachboden zu entrümpeln, fand ich ihn in der Seitentasche meines alten Koffers wieder. Ich verwahrte das Fundstück in meiner Nachttischschublade und später wanderte der Anhänger in das Etui meiner Lesebrille, wo es sich noch heute befindet.

Nur manchmal, wenn ich hier auf der Insel bin, nehme ich den Anhänger heraus. Ich verwahre ihn in meiner Jackentasche, wenn ich vorhabe, nach draußen zu gehen. Es fühlt sich dann an, als könne ich beeinflussen, ihr auf der Straße zu begegnen. Obwohl ich natürlich weiß, dass, wenn der unwahrscheinliche Fall eintreten würde, ich an ihr vorbeilaufen und sie nicht erkennen würde.

Ich bin ein alter Narr, dickköpfig und stur. Meine Beine wollen nicht mehr so, wie ich es gerne hätte. Hat es überhaupt noch Sinn, einem Hirngespinst nachzujagen? Nach meinen stundenlangen Spaziergängen bin ich ermattet. So sehr, dass ich eines Tages sogar die Stufen zum Foyer nicht mehr bewältigen konnte. Die junge Rezeptionistin war so freundlich und hat mir geholfen, wieder auf die Beine zu kommen, und hat anschließend meine Utensilien, die mir aus der Jackentasche gefallen waren, eingesammelt und mir überreicht. Vielleicht ist es an der Zeit, aufzugeben und nach Hause zu fahren.

***

Adriana ließ das Heft sinken. »Gina war meine Mutter«, sagte sie. »Sie hat früher immer erzählt, dass sie sehr um meinen Vater kämpfen musste.«

»Hat Ihr Vater bei Ihnen zu Hause jemals über seine Erlebnisse hier auf Borkum gesprochen?«, wollte Janneke von der Italienerin wissen. »Vielleicht nicht direkt die Geschichte mit Isabella, aber eventuell über die Kollegen vom Orchester, zum Beispiel Reinhard Asmus?«

»Die beiden waren ja laut den Aufzeichnungen Ihres Vaters sehr oft zusammen«, ergänzte Fokke Schmidt.

»Ich glaube nicht«, sagte Frau Solano. »Jedenfalls kann ich mich nicht daran erinnern. Vielleicht hat er mit meiner Mutter darüber gesprochen. Aber ich halte das für sehr abwegig, dass er über Isabella mit ihr gesprochen hat.«

»Wieso glauben Sie das?«, fragte die junge Ostfriesin nach.

»Weil es mir eigentlich erst jetzt bewusst wird, dass mein Vater erst mit der Suche nach Isabella angefangen hat, nachdem meine Mutter verstorben war. Das ist etwas über fünf

Jahre her. Wenn er vorher mit ihr darüber gesprochen hätte, dass ihn etwas quält und er diese Frau um Verzeihung bitten möchte, dann hätte meine Mutter alles darangesetzt, ihn bei seiner Suche zu unterstützen. Sie müssen wissen, mein Vater war für meine Mutter die Liebe ihres Lebens. Sie hätte alles darangesetzt, um ihn zu unterstützen. Meine Mutter hätte es nicht ausgehalten, dass mein Vater sich mit etwas herumplagte.«

»Also hat er mit niemandem außer mit Reinhard Asmus über seine Zeit auf Borkum geredet«, fasste Janneke zusammen.

Frau Solano massierte ihre Schläfen. »Ich denke, es ist genug für heute. So viele Gedanken meines Vaters auf einmal kann ich gar nicht verdauen.« Sie lächelte gequält. »Vielleicht können wir morgen weitermachen.«

Fokke brachte sie zur Tür. »Am besten, Sie melden sich bei uns. Wir sind jederzeit zu erreichen.«

»Und jetzt?«, murmelte Janneke, als sich die Bürotür hinter der Frau geschlossen hatte. »Vielleicht hat Reinhard Asmus doch etwas mit dem Tod von Solano zu tun? Schließlich hat dieser ja enormen Druck auf seinen ehemaligen Kollegen ausgeübt.«

»Hhmm … da könntest du recht haben.« Schmidt sah auf die Uhr und sprang plötzlich auf. »Komm, wir statten Kalle Bakker einen Besuch ab. Vielleicht können wir ihm ein paar Informationen aus der Nase ziehen.«

Zwanzig Minuten später saßen Janneke und Fokke in Bakkers Büro in der Polizeistation in der Strandstraße. Der Kommissar hatte sich keineswegs erstaunt gezeigt, als die beiden vor der Tür standen.

Kalle Bakker saß jetzt entspannt zurückgelehnt und lächelte seine Besucher an. »Fokke, du weißt ja, dass ich nichts nach außen weitergeben kann.«

»Klar weiß ich das«, nickte der Hotelier, »aber es steht doch morgen oder übermorgen sowieso alles in der Borkumer Zeitung.«

Bakker wiegte unentschlossen seinen Kopf hin und her. Janneke setzte sich aufrecht hin. »Sagen Sie, war Frau Asmus schon bei Ihnen?«

Erstaunt hob der Angesprochene die Augenbrauen. »Wie kommen Sie darauf?«

»Ich habe mich gestern mit ihr unterhalten. Sie erwähnte dabei, dass sie sich heute Morgen an Sie wenden wollte.«

»Das ist korrekt«, musste Bakker zugeben, »aber wenn ihr glaubt, ich verrate jetzt etwas über den Inhalt des Gesprächs, dann seid ihr auf dem Holzweg.«

Janneke konnte sich ein triumphierendes Lächeln nicht verkneifen. »Wir wissen es schon. Sie wollte ihre Aussage korrigieren. Ihr Mann war in der besagten Nacht, in der Herr Solano die tödliche Stichverletzung zugefügt wurde, nicht in seinem Haus. Frau Asmus kann nicht mit absoluter Sicherheit sagen, wo sich ihr Mann aufgehalten hat.«

»Unglaublich«, stöhnte Kalle Bakker. »Hier bleibt aber auch nichts geheim. Gerade eben war Frau Metzner von der Zeitung hier und wollte alles wissen. Ein Wunder, dass ihr noch nichts gehört habt.«

Fokke blickte erstaunt hoch. »Das wundert mich allerdings. Normalerweise erfahre ich die Neuigkeiten immer sehr zeitnah. Was meinst du genau?«

Bakker grinste. »So schnell ist die Gerüchteküche dann ja wohl doch nicht. Wir sind auch erst seit einer Dreiviertelstunde wieder zurück.«

»Jetzt rück schon mit der Sprache raus, Kalle«, forderte Schmidt den Kommissar auf. »Was ist passiert?«

»Wir haben heute Vormittag eine Hausdurchsuchung bei Reinhard Asmus vorgenommen.«

»Und was dachten Sie, dort zu finden?«, wollte Janneke wissen, obwohl sie sich das denken konnte.

»Wir haben nach der Mordwaffe gesucht«, bestätigte Bakker Jannekes Vermutung.

»Und ihr habt nichts gefunden?«, spekulierte Fokke.

Bakker schüttelte erwartungsgemäß mit dem Kopf.

»Also ich würde die Tatwaffe sofort ins Meer werfen«, meinte Fokke. »Es ist doch niemand so leichtsinnig und legt das Tatwerkzeug in seine Schublade.«

Bakker nickte. »Da muss ich dir beipflichten.«

»Noch was, du hast doch auch die Aufzeichnungen des Verstorbenen gelesen«, wechselte Fokke das Thema. »Darin wird ein Ereignis beschrieben, welches sich vor sechzig Jahren hier auf der Insel ereignet hat. Ein Mitarbeiter der Kurverwaltung kam zu Tode.«

»Bei aller Liebe, Fokke«, entgegnete Bakker. »Darüber kann ich wirklich nicht reden. Sonst noch was?«

»Nee, eigentlich nicht«, sagte Fokke und verließ mit Janneke Bakkers Büro.

Die junge Ostfriesin nahm sich vor, noch einmal zu gegebener Zeit mit Reinhard Asmus zu sprechen. Irgendwie passte das Bild eines alten, gehbehinderten Mannes nicht mit dem eines Mörders zusammen, obwohl Janneke genau wusste, dass es doch im Bereich des Möglichen lag.

## 13. Kapitel

Nachdem Geesa Janssen das Frühstücksgeschirr der Pensionsgäste abgeräumt und in die Spülmaschine einsortiert hatte, lehnte sie sich an den Kühlschrank und schloss die Augen.

So hatte sie ihre Eltern noch nie gesehen. Kaum war Kalle Bakker mit seinen Leuten im Haus ihrer Eltern aufgetaucht, war ihr Vater wutentbrannt in seine Werkstatt gestürmt und hatte unter den wildesten Flüchen die Tür von innen verschlossen.

Geesa lief sofort hinüber in die Wohnung ihrer Eltern und fand ihre Mutter heulend im Sessel vor, während die Beamten, bemüht, keine Unordnung zu schaffen, Schränke und Schubladen durchsuchten.

»Was ist denn los?« Geesa ging auf die Knie und nahm die Hände ihrer Mutter. Unter Tränen erzählte diese von ihrem morgendlichen Besuch in der Polizeistation und ihrer neuerlichen korrigierten Aussage.

Geesa glaubte, sich verhört zu haben. »Papa war nicht im Haus, als der Mann ermordet wurde?«

Frau Asmus schüttelte den Kopf. »Nein, er wollte wieder in der Werkstatt übernachten, wie schon so oft. Aber ich kann es doch nicht beschwören, ob er wirklich die ganze Nacht dort war.«

»Hast du Papa denn danach gefragt?«

Petje Asmus nickte. »Natürlich habe ich das. Er hat gesagt, er habe auch in dieser Nacht auf dem Sofa in der Werkstatt … aber ich weiß auch, dass der Italiener mehrmals hier war und dass die beiden sich gestritten haben. Es könnte doch sein … du weißt ja, dass dein Vater sehr schnell auf hundertachtzig ist.«

»Aber deswegen bringt er doch niemanden um.« Die Pensionswirtin konnte keinen klaren Gedanken fassen.

Innerhalb von ein paar Stunden würde die ganze Insel wissen, was hier im Haus geschehen war.

Geesa ging in die Küche und holte ein Glas Wasser, das sie ihrer Mutter reichte.

»Geesa?« Kalle Bakker stand in der Wohnzimmertür. »Wir sind im Haus fertig, aber wir müssten noch in der Werkstatt deines Vaters nachsehen.«

»Ja, wenn ihr das müsst, dann macht doch.«

»Er macht die Tür nicht auf. Vielleicht könntest du mal mit ihm reden?«

»Ach so, ich verstehe.« Eilig lief Frau Janssen zur Werkstatt und hämmerte an die Tür. »Papa, mach jetzt auf. Es ist alles schlimm genug«, schrie sie wütend. »Mach jetzt sofort auf!«

Der Schlüssel drehte sich im Schloss und Asmus schob langsam die Tür auf.

»Reinhard, wir müssen das machen«, versuchte Kalle die Situation zu entspannen. »Es ist alles nur reine Routine.«

Asmus humpelte an dem Polizeikommissar vorbei ins Freie. »Ja, die reine Routine. Ich habe die Schnauze voll. Ihr könnt mich alle mal.« So schnell er konnte, lief er zur Hintertür und verschwand im Haus.

Kalle bemerkte, dass Geesa angefangen hatte zu weinen. »Es tut mir leid, aber manche Sachen sind eben notwendig. Ich glaube keine Minute, dass dein Vater etwas mit dem Mord zu tun hat.« Bakker wusste aber auch, dass man sich nie ganz sicher sein konnte. Schließlich hatte man auch schon Pferde vor der Apotheke kotzen sehen.

***

Janneke arbeitete konzentriert an den Vorbereitungen zum Jubiläum des Hotels. Am frühen Nachmittag rief sie Hinrich an. »Wo warst du denn beim Frühstück?«

Hinrich lachte. »Ich bin schon ganz früh los. Wir haben eine Wanderung ins Ostland gemacht. Ich wollte dir noch Bescheid sagen, damit du dir keine Sorgen machst. Ich hab's aber vergessen.«

»Hauptsache, dir geht's gut«, meinte Janneke und ermahnte ihren Onkel, seine Mütze aufzusetzen.

»Ja, du redest mit mir wie eine Mama mit ihrem Kind«, stänkerte Hinrich und lachte dabei. »Pass lieber auf, dass du mit deinen Stelzen nicht lang hinschlägst.«

»Was du immer mit meinen Schuhen hast«, antwortete Janneke leicht pikiert. »Du hast ja keine Ahnung, was schick ist.«

Nachdem Janneke aufgelegt hatte, musste sie schmunzeln. Hinrich hatte sie auf eine Idee gebracht. In der Strandstraße hatte sie ein schönes Schuhgeschäft entdeckt. Sie fand, dass sie sich etwas Gutes tun sollte. Sie fuhr ihren Laptop herunter und verließ das Büro.

Maria Schuster stand an der Rezeption und beschäftigte sich mit dem Computer. »Hat sich Antje noch mal bei euch gemeldet? Ich war vorgestern bei ihr und habe schon zweimal vergeblich versucht, sie anzurufen.«

»Ja, sie hat sich noch zwei Tage krankgemeldet«, informierte Maria sie, »aber es ginge ihr schon viel besser, sagt sie.«

»Dann bin ich ja beruhigt«, entgegnete Janneke, »vielleicht geh ich nachher noch bei ihr vorbei.«

Im Schuhladen erstand sie ein paar High Heels aus grünem Wildleder. Die Verkäuferin entschuldigte sich wegen der etwas reduzierten Auswahl. »Hier auf der Insel haben wir die meisten Nachfragen nach praktischem Schuhwerk.«

Zufrieden verließ Janneke das Schuhgeschäft und steuerte auf den Zeitschriften- und Zigarettenladen am Bahnhof zu.

Das Ladenlokal war leer. Eine ältere Frau sortierte die Tageszeitungen und lächelte Janneke an, als diese eintrat. »Moin.«

»Moin.« Janneke sah sich um. »Entschuldigen Sie bitte, aber ich hätte nur eine Frage.«

»Ja?«

»Ich bin auf der Suche nach einer jungen Frau oder besser gesagt: nach einem Mädchen, welches vor sechzig Jahren in einem Zeitschriftenladen hier auf Borkum gearbeitet hat.«

»Vor sechzig Jahren?« Misstrauisch sah die Verkäuferin Janneke an. »Wieso wollen Sie das denn wissen?«

»Ich bin gerade dabei, eine Familienchronik zu erstellen«, log sie, »Und bin auf eine Vorfahrin von mir gestoßen, die als junges Mädchen hier auf Borkum gearbeitet haben soll. Sie hieß Elisabeth. Manche haben sie auch Isabella genannt. Den Nachnamen kenne ich nicht.«

»Haben Sie denn Familie auf der Insel?«

»Genau das will ich gerade herausfinden.«

Die ältere Frau schichtete einen Stapel Zeitungen auf einen anderen. »Also hier gab es niemanden, der infrage kommen könnte. Ich bin genau hier in diesem Laden in die Lehre gegangen, und das ist fast genau sechzig Jahre her, aber ein Mädchen, das auf Ihre Beschreibung passt, gab es meines Wissens hier nicht.«

Enttäuscht überlegte Janneke, ob es Sinn machte, die Verkäuferin noch weiter zu belästigen.

»Aber warten Sie«, meinte die Frau hinter dem Verkaufstresen. »Es gab in dieser Zeit noch einen Zeitschriften- und Zigarettenladen, gleich hier um die Ecke.«

»Echt?«, freute sich Janneke. »Vielleicht finde ich jemand, der mir Auskunft geben kann?«

Die Frau schüttelte den Kopf. »Das wird wahrscheinlich auch nichts. Die Inhaber sind schon lange tot, Kinder hatten die nicht und die damaligen Angestellten sind in alle Winde zerstreut. Und Namen könnte ich Ihnen auch nicht nennen.«

»Das ist schade«, bedauerte Janneke. »Ich hatte gehofft, jemanden zu finden, der mir weiterhelfen kann.«

Die Dame hinter dem Verkaufstresen hob die Schulter. »Das tut mir echt leid. Wissen Sie, in den sechziger Jahren kamen viele junge Mädchen zum Arbeiten auf die Insel. Die Kinderheime waren froh, jemanden zu haben, der bei der Betreuung hilft. Viele der Helferinnen haben später in

Borkumer Familien eingeheiratet und sind hiergeblieben. Es ist unmöglich, da jemanden Bestimmtes zu finden.«

»Da haben Sie sicher recht. Herzlichen Dank für Ihre Bemühungen.« Janneke sah ein, dass es keinen Sinn machte, weiterzufragen. Sie kaufte noch eine Modezeitschrift und machte sich auf den Weg zu Antjes Haus in der Deichstraße.

»Wie geht es dir denn?«, wollte Janneke zehn Minuten später von der ziemlich mitgenommen aussehenden jungen Hotelangestellten wissen, als diese ihr die Haustür öffnete.

»Das ist ja lieb, dass du kommst«, freute sich Antje und bat Janneke herein. »Komm, wir gehen gleich zu Oma rein. Ich habe gerade Tee gemacht.«

Frau Aggen zeigte sich ebenfalls hocherfreut über den Besuch. Sie saß in ihrem Sessel vor einem gedeckten Teetisch. »Kommen Sie, setzen Sie sich und erzählen Sie einer alten Frau, was es Neues gibt.«

»Ach Oma«, rief Antje dazwischen, »ich habe dir doch die Zeitung vorgelesen, es ist nichts Nennenswertes passiert.«

»Egal, es ist immer etwas los«, behauptete die alte Frau und deutete auf den freien Stuhl am Tisch.

Janneke bedankte sich. »Ich kann Ihnen wirklich nichts Neues erzählen. Meine Arbeit macht mir Spaß und die Kollegen im Hotel vermissen Antje.«

»Ich denke, dass ich morgen wiederkommen kann, mir geht es schon viel besser«, behauptete die Angestellte, »aber um Oma mache ich mir Sorgen. Seit gestern hustet sie so stark.«

»Und was sagt der Arzt?«

»Eine heftige Bronchitis.« Antje sah ihre Großmutter an. »Damit ist nicht zu spaßen. Du hast Doktor Richter gehört.«

»Papperlapapp, mir geht's doch gut und Unkraut vergeht nicht.« Ein Hustenanfall erschütterte die alte Frau. »Antje, kannst du mir ein Glas Wasser …«

Antje war schon aufgesprungen und in die Küche gerannt. Frau Aggen räusperte sich. »Ich mache mir echt Sorgen um Antje«, flüsterte sie immer wieder zur Küchentür blickend. »Das Kind ist so um mich besorgt und deshalb vergisst sie sich selbst. Und dann erwische ich sie wieder, wie sie über etwas nachgrübelt. Hoffentlich ist dieser Jörg nicht der Grund für ihre Nachdenklichkeit.« Sie beugte sich etwas näher zu Janneke. »Ich bin ja auch manchmal verbittert, weil in meinem Leben nicht alles so gelaufen ist, wie ich das wollte …«

Antje steckte den Kopf zur Tür hinein. »Oma, ich geh schnell in den Schuppen und hole ein paar Flaschen Wasser.«

»Ist gut, Kind.« Ilse Aggen wartete, bis Antje weg war. »Meine Tochter … unser Verhältnis war nie so gut«, fuhr sie fort, »und dann ist sie mit ihrem Mann aufs Festland und hat das arme Kind hier zurückgelassen mit diesem schrecklichen Kerl von Jörg.« Sie seufzte. »Ja, es ist manchmal schwer im Leben und die düsteren Gedanken drücken heftig, aber es gibt ja Tabletten, die das Leben etwas leichter erscheinen lassen. Mir haben diese Medikamente immer sehr geholfen.« Ein erneuter Hustenanfall überrollte die Seniorin. »Ich muss zugeben«, sagte sie, als sie sich wieder beruhigt hatte, »dass es mir wirklich nicht gut geht. Aber ich will nicht, dass Antje sich Sorgen macht. Aber ich muss auch zu meiner Schande gestehen, dass ich ihr auch viel aufgebürdet habe. Die Gedanken werden immer schwerer, je älter man wird. Ich habe den Fehler gemacht und Antje viel erzählt. Meine Tochter … wir haben schon seit Langem ein gespanntes Verhältnis. Ich denke, dass meine Enkelin auch sehr unglücklich darüber ist.«

»Bin wieder da«, rief Antje und kam mit einem Glas Wasser aus der Küche zurück. Janneke konnte sich nicht des Eindrucks erwehren, dass Frau Aggen es darauf angelegt hatte, Antje einen kurzen Moment außer Reichweite zu wissen.

»Wie weit seid ihr denn mit den Vorbereitungen für das Jubiläum?«, wollte Antje wissen, als sie wieder am Tisch saß.

»Fast fertig. Fokke ist der Ansicht, dass es besser ist, wenn wir frühzeitig alles unter Dach und Fach haben.« Erschrocken sah Janneke auf die Uhr. »Ich glaube, ich muss mich auf den Weg machen. Mein Onkel ist permanent unterwegs. Vielleicht erwische ich ihn jetzt um diese Uhrzeit.« Sie reichte Frau Aggen die Hand. »Werden Sie schnell gesund.«

Die alte Frau lächelte. »Und Sie kommen recht schnell wieder. Antje freut sich, wenn sie mal mit jemandem in ihrem Alter reden kann und nicht immer nur mit mir ollen Frau.«

Antje begleitete Janneke noch zur Tür. »Komm gut nach Hause, wir sehen uns morgen früh.«

Da die Märzsonne eine wohlige Wärme spendete, beschloss Janneke spontan, über die Strandpromenade zum Hotel zu laufen und den Anblick der Nordsee zu genießen.

***

»Ich glaube, ich muss nach Hause«, nuschelte Hinrich Hoogestraat. Er saß mit seiner Nichte beim Frühstück im Nordsee-Hotel. »Jan wäre schwer enttäuscht, wenn ich nicht zu seinem Geburtstag käme.«

»Pass auf, der Lachs rutscht dir vom Brötchen«, machte Janneke ihren Onkel aufmerksam. »Jans Geburtstag hatte ich ganz vergessen.«

Mit seinem Zeigefinger schob Hinrich die Scheibe Lachs an Ort und Stelle zurück und biss herzhaft in das belegte Brötchen. »Hier ist es ja wirklich sehr schön, aber ich sollte auch mal nach Hause fahren, um nach dem Rechten zu sehen.«

»Hat Elsie gesagt, du müsstest kommen? Sie hat doch immer gut auf unseren Garten und das Haus aufgepasst. Fräulein Schneider hat sie auch immer regelmäßig gefüttert.«

»Nee, alles paletti, aber wir sind jetzt schon neun Tage auf der Insel. Es wird Zeit, dass ich wieder festen Boden unter die Füße bekomme.«

Janneke musste grinsen. »Der Boden auf Borkum ist auch sehr fest.«

Hinrich wiegte den Kopf hin und her. »Du weißt doch, was ich meine. Jedenfalls fahre ich morgen früh mit der ersten Fähre nach Emden.«

»Dann hast du ja noch einen ganzen Tag.« Sie goss etwas Milch über ihr Müsli. »Du gehst bestimmt wieder zu den

Herren am Strand. Du solltest dich wenigstens ordentlich verabschieden.«

»Klar mache ich das«, nickte der Rentner, »oder glaubst du, ich verdrücke mich so einfach?«

Janneke schüttelte ihren Kopf. »Das denke ich doch nicht, aber du könntest mir einen Gefallen tun und Reinhard Asmus um etwas bitten.«

»Komm doch gleich mit, dann kannst du ihn selbst fragen«, schlug Hinrich vor.

»Ich schätze, es ist besser, ich bleibe erst mal im Hintergrund. Das letzte Mal, als ich mit ihm gesprochen habe, war er ziemlich sauer auf mich«, erläuterte Janneke ihrem Onkel die Lage. »Ich würde gerne noch einmal mit ihm sprechen. Kannst du ihn bitte fragen, ob er dazu bereit ist? Er kann gerne Zeit und Ort bestimmen.«

Hinrich köpfte mit einem gezielten Schlag sein Frühstücksei. »Wie du meinst, aber ich verstehe immer noch nicht …«, er machte eine unbestimmte Handbewegung, »dass Weiber immer so kompliziert sein müssen.«

Janneke überhörte geflissentlich die Bemerkung ihres Onkels und widmete sich ihrem Müsli.

Nach Beendigung des Frühstücks verließ Hinrich Hoogestraat das Nordsee-Hotel, ohne noch einmal sein Zimmer aufzusuchen. Janneke war auf dem direkten Weg ins Büro, als Maria sie mit einer Handbewegung bat, näher an die Rezeption zu kommen. »Moin Frau Hoogestraat. Antje hat heute ganz früh angerufen. Ihre Großmutter ist in der Nacht verstorben. Sie hat gesagt, sie wollte Sie später anrufen.«

»Was? Das gibt es doch gar nicht …« Janneke konnte es kaum glauben. Erst gestern hatte sie sich mit Frau Aggen unterhalten, und jetzt das.

Einen kurzen Moment lang überlegte Janneke, ob sie Antje aufsuchen sollte, ließ es aber bleiben. Sie wollte lieber abwarten, bis sich diese bei ihr meldete. Das war bestimmt besser.

Fokke saß schon hinter seinem Schreibtisch und hatte gerade ein Telefonat beendet. »Moin Janneke, gut, dass du kommst. Ich habe gerade die Druckfreigabe für den Flyer erteilt.«

Ohne zu antworten, setzte sich Janneke an ihren Schreibtisch und starrte aus dem Fenster.

»Erde an Janneke …«, raunte Fokke, »ist jemand zu Hause?«

»Entschuldigung«, murmelte die junge Frau, »es ist nur so … Antjes Großmutter ist verstorben und ich … gestern habe ich noch mit ihr gesprochen.«

»Ja, ich weiß, Antje hat mich heute Morgen angerufen. Ich wusste gar nicht, dass du ihre Großmutter kanntest.«

»Das hat sich so ergeben, ich hatte ein bisschen mit Antje geklönt und habe sie irgendwann zu Hause besucht.«

»Ja«, seufzte der Hotelier, »das kann manchmal ganz schnell gehen.«

»Ja, das haben wir ja auch bei Herrn Solano gesehen. Er hätte sicher nicht gedacht, dass er in seinem Urlaub verstirbt.«

»Das glaube ich auch nicht«, bestätigte Fokke Jannekes These.

»Bis jetzt ist mir auch noch niemand eingefallen, der eine Veranlassung gehabt haben könnte, Leonardo Solano zu töten. Ich gehe jetzt endgültig davon aus«, fügte sie nach einer kurzen Pause hinzu, »dass du dein Versprechen gar nicht einlösen kannst. Isabella werden wir sicherlich nicht finden.«

»Ja, genau das befürchte ich auch. Ich wüsste auch nicht, wo wir noch suchen könnten.« Gedankenverloren schob er einen Keramikbecher mit ein paar Stiften hin und her. »Ich könnte eventuell noch bei Melanie anrufen. Die sitzt im Rathaus im Einwohnermeldeamt.«

»Aber wir wissen doch nur, dass die Frau Elisabeth heißt und ungefähr achtundsiebzig Jahre alt ist«, wandte Janneke ein. »Meinst du, das reicht?«

»Wir versuchen es.« Schmidt wählte die Nummer des Rathauses und ließ sich mit dem Einwohnermeldeamt verbinden.

»Moin Melanie, ich hätte da mal eine Frage. Wir suchen eine Frau hier auf der Insel mit dem Vornamen Elisabeth, Geburtsjahr so um 1942 herum und … nein, mehr haben wir nicht … ja … ja … ach so. Vielen Dank.« Betont langsam legte Fokke den Hörer auf.

»Und?«

»Sie sagte, für eine Auskunft benötigt sie den Vor- und Nachnamen und ein genaues Geburtsdatum.« Er wirkte enttäuscht.

»Jetzt habe ich auch keine Idee mehr.« Janneke startete ihren Computer. »Wenn es klappt, werde ich mich noch einmal mit Reinhard Asmus treffen.«

»Warum das denn? Du hast doch schon ein paarmal mit ihm geredet.«

»Ja, das stimmt, aber ich werde das Gefühl nicht los, dass er nicht alles erzählt hat.«

»Er wird dir aber auch nicht verraten können, wer der Täter ist«, stellte Schmidt fest. »Inzwischen bin ich der Ansicht, dass der Tod von Leonardo Solano für immer zu den ungeklärten Fällen wandern wird.«

Janneke atmete tief durch. »Genauso wird es sein.« Sie streifte ihre Schuhe ab. »Hast du denn noch mal Kalle Bakker gesprochen?«

»Ja, habe ich, aber die Polizei kommt auch nicht weiter. Theoretisch könnte der Täter am besagten Morgen mit der ersten Fähre zum Festland geflüchtet sein. Kalle sagt, sie hätten zeitnah die Reederei verständigt, aber leider um Minuten zu spät. Alle Passagiere waren im Emder Außenhafen schon ausgestiegen und in alle Winde zerstreut. Man hätte wenigstens die Personalien der Passagiere aufnehmen können, um zu wissen, wer genau zu diesem Zeitpunkt die Insel verlassen hat. Aber ausgerechnet an diesem Morgen war die Überfahrt nicht so lange wie sonst. Wir hatten auflaufendes Wasser.«

»Wäre auch zu schön gewesen.« Janneke war frustriert und wandte sich ihrer Arbeit zu.

Die Mittagspause verbrachte sie auf einer Bank auf der Promenade. Sie blätterte in ihrer Modezeitschrift, konnte sich aber schlecht konzentrieren. Sie hasste es, wenn so viele Fragen offenblieben. Manchmal gab es ja doch einen Fingerzeig und es ergaben sich weitere Möglichkeiten, einen Täter festzustellen. Hatte sie eventuell etwas Entscheidendes übersehen?

Sie legte eine Hand über ihre Augen und sah einer Menschengruppe nach, die Richtung Seehundbänke unterwegs war. Soweit sie sehen konnte, waren fast alle barfuß unterwegs. Der Sand war noch sehr kalt, vermutete sie, aber es war sicher ein schönes Gefühl, auf dem feuchten Boden am Wassersaum zu laufen.

Ihr Mobiltelefon zeigte durch einen kurzen Ton an, dass sie eine Textnachricht erhalten hatte. Sie fand nach längerem Suchen das Telefon in den Tiefen ihrer Tasche. Antje hatte ihr nur eine kurze Nachricht zukommen lassen. Sie habe ein paar Tage Urlaub genommen und versprach, sich so bald wie möglich bei ihr zu melden.

Am Abend, Janneke hatte gerade geduscht, kam Hinrich vorbei. »So, Koffer gepackt, morgen früh geht's los.« Er griff in seine Hosentasche und reichte seiner Nichte einen Zettel. »Hier, eine Nachricht von Reinhard. Es hat mich große Überredungskunst gekostet, dass er bereit ist, sich mit dir noch einmal zu treffen.«

»Du bist ein Schatz.« Janneke umarmte ihren Onkel.

»Ja, ja, schon gut«, murmelte er und legte seine Hand auf die Türklinke. »Ich verabschiede mich jetzt schon mal. Du brauchst mich nicht zum Bahnhof zu bringen, das ist alles nur sentimentaler Quatsch.« Hinrich winkte seiner Nichte kurz zu und ging.

Neugierig faltete Janneke den Zettel auseinander. *Treffen morgen im Park neben der Tourist Information, vierzehn Uhr.* Na bitte, geht doch, freute sie sich und schaltete den Fernseher ein.

***

Janneke betrat zur verabredeten Zeit den kleinen Park gegenüber dem Bahnhof. Schon von Weitem erblickte sie Reinhard Asmus, der aufrecht, beide Arme vor seiner Brust verschränkt, auf einer Bank saß und ihr entgegensah.

»Moin Herr Asmus, es ist wirklich sehr nett, dass Sie sich noch einmal mit mir treffen.« Sie setzte sich neben den Rentner.

Er sah weiterhin stur geradeaus. »Das haben Sie nur der Sabbelei Ihres Onkels zu verdanken, der hat einfach nicht lockergelassen. Der hat gar nicht mehr aufgehört zu reden.«

Janneke überlegte, wie sie am besten beginnen sollte, ohne dass sich der alte Mann wieder aufregen musste.

Noch ehe sie zu einem Entschluss kam, ergriff er das Wort. »Die Polizei war bei uns zu Hause«, brummte er unwirsch, »die Idioten haben es doch wirklich in Betracht gezogen, dass ich den Kerl erstochen habe.«

»Ich hoffe, das hat sich jetzt geklärt.«

»Man wird sehen.«

»Herr Asmus, Sie haben doch erzählt, dass Ihr Freund und Kollege Leonardo Solano Sie in den letzten fünf Jahren mehrfach aufgesucht hat.«

»Stimmt. Und …?«

»Die junge Frau, Isabella, haben Sie nach der Abreise Solanos nie wiedergesehen? Ich meine, die Insel ist ja recht groß, aber es wäre ja theoretisch möglich gewesen, dass Sie ihr noch einmal begegnet sind.«

»Wissen Sie, wir waren damals alle jung und haben Familien gegründet, unsere Häuser renoviert und waren mit Alltagskram beschäftigt. Da kam es schon vor, dass man irgendwelche Leute jahrelang nicht gesehen hat.«

»Und Isabella?«, hakte Janneke nach.

Er zog ein Baumwolltaschentuch aus der Tasche und wischte sich umständlich die Stirn ab. Er blickte zur Seite und sah das fragende Gesicht Jannekes. Er holte tief Luft. »Also meinetwegen«, stöhnte er. »Isabella war noch einmal bei mir, ungefähr zwei Jahre, nachdem Leo die Insel verlassen hatte. Sie schob einen Kinderwagen, in dem ein Kleinkind saß. Ich war irritiert und habe mich gewundert. Das hätte ich nicht erwartet.«

»Isabella hatte ein Kind?«, rief Janneke überrascht.

Asmus nickte. »Sie hatte sich verändert. Ihr Körper … sie war voller, weiblicher geworden und sie wirkte wesentlich älter.«

»Was wollte sie von Ihnen?«

»Sie wollte von mir wissen, wo Leo zu finden sei, aber ich konnte ihr nicht weiterhelfen. Leo und ich hatten niemals Telefonnummern oder Adressen ausgetauscht.«

»Sie hatten wirklich keine Anschrift von Leonardo?«

»Wozu? Ein Wiedersehen hat niemand von uns in Betracht gezogen. Also war das unnötig.«

»Und wie ging es dann weiter?« Über den Verlauf des Gesprächs war die junge Frau mehr als überrascht. Ihr Gefühl hatte sie also nicht getäuscht.

»Ja, wie ging es weiter?« Asmus räusperte sich umständlich. »Isabella war sehr enttäuscht und wütend zugleich. Sie sagte, sie müsse unbedingt Leo finden, um ihm zu sagen, dass er Vater geworden wäre. Sie können sich vorstellen, dass mich das alles total überrascht hat.«

Er stopfte das Tuch wieder in seine Hosentasche. »Sie hat noch ein paarmal nachgebohrt, aber ich konnte ihr nicht helfen. Später fiel mir ein, dass ich sie gar nicht gefragt habe, ob sie noch auf Borkum lebt oder inzwischen aufs Festland gezogen war.«

Janneke konnte es immer noch nicht glauben. »Isabella hatte ein Kind von Leonardo Solano. Das wirft ja ein ganz anderes Licht auf die Geschichte.«

»So hat sie es behauptet. Aber warum hätte sie ihn sonst suchen sollen? Ich nehme an, sie wollte Unterhalt für das Kind.«

»War es ein Junge oder ein Mädchen?«

»Da fragen Sie mich was.« Er schüttelte den Kopf. »Als Leo Jahrzehnte später hier wieder aufgetaucht ist, habe ich ihm von Isabellas Besuch berichtet. Ich habe ihn auch gefragt, ob er davon gewusst hatte und ob er wirklich der Vater wäre.«

»Und was hat er gesagt?«

»Nichts, gar nichts. Er hat geschwiegen, aber ich hatte den Eindruck, dass Leo von da an wie ein Besessener nach Isabella gesucht hat.«

»Das sind ja große Neuigkeiten«, staunte Janneke, froh, noch einmal den Kontakt zu Asmus gesucht zu haben. »Ich möchte mich bei Ihnen bedanken für Ihre Offenheit. Ich weiß das zu schätzen.«

Asmus lachte sarkastisch. »Hauptsache, der Spuk hat bald ein Ende.« Er erhob sich schwerfällig. »Ich muss jetzt nach Hause und sehen, dass unser Familienfrieden wiederhergestellt wird. Meine Frau und ich, wir schweigen uns nur noch an. So, jetzt aber …«

Nachdenklich sah ihm Janneke nach, wie er humpelnd den Bahnhofspfad entlangschlich.

So wie es aussieht, sind Isabella und Leo Eltern geworden, wiederholte Janneke die neue Information in Gedanken. Sie nahm ihr Telefon und wählte Fokkes Nummer. »Weißt du, ob Frau Solano im Haus ist?«, wollte sie wissen, als er sich meldete. »Ruf sie doch bitte an und frag sie, ob sie uns jetzt weiter aus den Aufzeichnungen ihres Vaters vorlesen kann. Es wird sicherlich hochspannend.«

Schmidt versprach, sich sofort darum zu kümmern.

Eine halbe Stunde später betrat Adriana Solano das Büro, wo Fokke und Janneke bereits auf sie warteten.

»Ich wollte Sie auch schon anrufen.« Frau Solano setzte sich. »Ich möchte jetzt alles über meinen Vater erfahren, dann kann ich vielleicht besser damit abschließen.«

»Dann passt das ja gut«, sagte Janneke. »Ich glaube, es gibt da etwas, was Sie sicher sehr interessieren wird.«

»Na, dann wollen wir mal …« Die Italienerin schlug das Heft auf.

## 14. Kapitel

## Isabella

Sie trug den Schlüsselanhänger an einer Kette um ihren Hals. »Dort ist er ganz nah an meinem Herzen«, schwärmte sie und legte beide Hände darüber. »Sogar nachts nehme ich ihn nicht ab.«

Isabella war blasser und schmaler als sonst. Sie behauptete, sich den Magen verdorben zu haben. »Geh lieber zum Arzt. Du hast dir bestimmt etwas eingefangen«, riet ich ihr und sah sie besorgt an.

Die nächsten beiden Tage verbrachte ich ausschließlich mit Reinhard und den anderen Musikern, da mir die Frau aus dem Zeitschriftenladen gesagt hatte, dass sich Isabell krankgemeldet hätte. Ich wusste nicht, wo ich nach ihr suchen sollte, und beschloss einfach abzuwarten, bis sie wieder in der Wandelhalle auftauchen würde.

Zu meiner Überraschung erhielt ich ein Telegramm von meiner Mutter. Mein Vater hatte einen Herzinfarkt erlitten und sie bat mich, so schnell wie möglich nach Hause zu kommen. Ich beschloss, gleich am nächsten Morgen abzureisen. Zu meiner Freude entdeckte ich am Abend vor meiner Abreise Isabella, die hinter dem Mauervorsprung in der Wandelhalle stand und unserer Musik lauschte.

»Deine Kleine steht da hinten«, machte mich Reinhard aufmerksam.

»Ja, ich habe sie gesehen.« Ich winkte ihr unauffällig zu.

Kaum war unser Konzert beendet, lief ich zu ihr. »Du warst ja wirklich krank. Die Frau im Laden wollte mir deine Adresse nicht geben, deshalb …«

»Ich muss dir was sagen«, stotterte sie.

Einer der Kollegen nahm mich am Arm. »Komm … dein letzter Abend, wir müssen das ordentlich begießen.«

Isabella öffnete erstaunt den Mund. »Du fährst weg?«

»Ja, mein Vater ist krank, ich muss zurück. Das Weingut … Meine Mutter braucht mich.« Reinhard zerrte an meiner Jacke. »Komm schon«, brüllte er aufgekratzt und zog mich mit sich.

Isabella wollte etwas erwidern, schwieg dann aber. Sie sah mich nur mit bewegungslosem Gesicht an.

»Isabella, wir sehen uns morgen früh am Bahnhof, ich nehme gleich die erste Fähre«, rief ich ihr noch zu, dann sah ich sie nicht mehr.

In dieser Nacht schlief ich kaum, wir haben wild Abschied gefeiert. Total verkatert kam ich am nächsten Morgen zum Bahnhof. Isabella stand schon abwartend da. Ich versuchte, ihr noch einmal zu erklären, dass ich wirklich nicht anders konnte. »Ich kann meine Familie jetzt nicht alleine lassen, das musst du verstehen. Das bin ich meinen Eltern schuldig.«

»Aber du wirst wiederkommen?« Sie hatte Tränen in den Augen. »Versprichst du es mir?«

»Ja, bestimmt, ganz bestimmt«, versprach ich, obwohl ich in diesem Augenblick wusste, dass es mir damit nicht sonderlich ernst war.

»Es ist so …« Isabella sah zu Boden. »Es ist … ich bin schwanger.«

Ich kann mich noch genau an diesen Moment erinnern. Mein Blut stieg in meinen Kopf, mein Hals wurde plötzlich sehr eng. Ich brauchte ein paar Sekunden, bis ich begriff, was sie da eben gesagt hatte.

Der Zug der Borkumer Kleinbahn, der die Fahrgäste zum Anleger im Hafen bringen würde, fuhr ein. Ich nahm meine Tasche hoch und sah sie an. »Isabella, ich …«

»Du kommst doch zu uns zurück?«, unterbrach sie mich und nahm meine Hand.

»Auf jeden Fall«, entgegnete ich und wusste im gleichen Moment, dass ich sie ganz bewusst anlog.

Unbeholfen tätschelte ich ihren Arm, sprang in den Waggon und setzte mich so, dass ich sie auf dem Bahnsteig nicht sehen musste.

Nach Hause, ich wollte nur zurück in die vertraute Umgebung und die Sprache hören, die meine war.

Als ich auf dem Weingut meiner Eltern ankam, hatte ich Isabella fast schon vergessen. Meinem Vater ging es besser. Gina war hocherfreut, mich wieder an ihrer Seite zu wissen. Nach einem halben Jahr haben wir geheiratet, da sie schwanger war.

Unsere Tochter Adriana wurde geboren, das Leben plätscherte so dahin. Ich habe das Weingut übernommen und mit der Hilfe meiner Frau bewirtschaftet.

Je mehr Zeit vergangen ist, umso weniger dachte ich an Isabella. Die Konturen ihres Gesichtes, alles war verschwommen und eines Tages nicht mehr da. Wir wurden älter, Gina starb und Adriana lebte inzwischen in Deutschland.

Ich glaube, es war der wiedergefundene Schlüsselanhänger mit dem halben Herz, der mir plötzlich meine Verantwortungslosigkeit vor Augen geführt hat. Isabella, eine verlorene Liebe. Ich habe mich schändlich verhalten und will … nein, ich muss es wieder zurechtrücken. In meinen Gedanken stelle ich mir vor, wie sie mir meine Schändlichkeit verzeiht. Vielleicht hatte sie trotz allem ein schönes Leben? Das Kind, mein Kind … was ist aus ihm geworden? Auf keinen Fall werde ich aufgeben. Gleich morgen werde ich mit meiner Mission fortfahren. Das bin ich mir und Isabella schuldig.

## 15. Kapitel

Adriana ließ das Heft sinken. »Mein Vater hat ein Kind hier auf der Insel?«

»Ob sich die Mutter und das Kind hier auf der Insel befinden, weiß niemand.« Janneke sah in Adrianas blasses Gesicht. »Aber ich habe heute Nachmittag noch einmal mit dem ehemaligen Kollegen Ihres Vaters gesprochen. Er hat mir erzählt, dass Isabella ungefähr zwei Jahre nach der Abreise Ihres Vaters bei ihm war und nach seiner Adresse gefragt hat.«

Adriana schluckte schwer. »Er hat gewusst, dass Isabella ein Kind erwartete.«

Fokke nickte. »So können wir das seinen Aufzeichnungen entnehmen.«

»Das muss ich erst einmal verdauen.« Adriana steckte das Heft in ihre Tasche. »Das hat mich aber jetzt umgehauen. Aber das hat ja sicher nichts mit dem Mord an meinem Vater zu tun, oder?«

»Davon kann man zum jetzigen Zeitpunkt ausgehen. Ich habe keine Idee, wie die beiden Sachverhalte zusammenhängen könnten.« Janneke sah Fokke an. »Sonst hätte die Polizei ja auch ihre Rückschlüsse aus den Aufzeichnungen gezogen. Im Moment sieht das alles nach privaten Erinnerungen aus und hat sicherlich nichts mit dem Tod Ihres Vaters zu tun.«

»Was könnte ich denn tun, um dieses Kind, besser gesagt, diese Frau oder diesen Mann, zu finden?« Unsicher sah Adriana Janneke an.

»Vielleicht finden wir Informationen auf dem Standesamt? Fokke, was denkst du?«

»Das könnten wir versuchen«, meinte der Hotelier. »Sie sollten sich ein bisschen hinlegen, Frau Solano. Wir werden versuchen, etwas in Erfahrung zu bringen.«

Die Italienerin bedankte sich. »Das ist wirklich nett, dass Sie mir behilflich sind.«

Nachdem Frau Solano gegangen war, überlegten Fokke und Janneke, wie sie weiter vorgehen könnten.

»Die Idee mit dem Standesamt ist gut, aber ich befürchte, dass es dort keine Unterlagen mehr gibt.« Er runzelte die Stirn. »Das Kind von Isabella müsste inzwischen auch schon Ende fünfzig sein.«

»Vielleicht kannst du ja noch mal diese Melanie anrufen«, überlegte Janneke. »Sie wird sicherlich wissen, ob und wie wir an Informationen kommen könnten.«

»Das mach ich gleich.« Schmidt wählte eine Telefonnummer und ließ sich mit seiner gewünschten Gesprächspartnerin verbinden.

»Moin Melanie«, sagte er. »Wir hätten noch ein Anliegen … Ja, gut, machen wir … Bis dann.« Er legte auf. »Sie hat gerade viel zu tun, wir sollten am besten gleich morgen früh hinkommen.«

»Viel wissen wir ja nicht über Isabella, keinen Nachnamen, keine Adresse …«, überlegte Janneke.

»Wir kennen nur ihren kompletten Vornamen, Elisabeth, und das ist verdammt wenig«, fügte Fokke hinzu.«

»Egal, wir versuchen es«, bekräftigte Janneke. »Aufgeben gilt nicht.«

***

Am nächsten Morgen betraten Janneke und Fokke das Borkumer Rathaus und begaben sich in den ersten Stock. Melanie Meews erwartete sie schon. »Setzt euch doch«, bat sie und zeigte auf die beiden Stühle vor ihrem Schreibtisch. »Also was genau kann ich für euch tun?«

Als die beiden Besucher Platz genommen hatten, ergriff Fokke Schmidt das Wort und deutete auf Janneke. »Ich habe eine Freundin mitgebracht. Janneke Hoogestraat aus Leer.«

»Moin Frau Hoogestraat«, nickte die Rathausangestellte.

»Janneke arbeitet zurzeit bei uns im Hotel. Aber das nur nebenbei. Wie ich dir am Telefon schon erzählt habe, sind wir auf der Suche nach jemandem.« Er wandte sich zu seiner Begleiterin um. »Janneke, vielleicht willst du Melanie erläutern, um was es geht?«

Janneke holte tief Luft. »Es ist so: Es handelt sich um eine junge Frau, die Anfang der sechziger Jahre wahrscheinlich hier auf Borkum entbunden hat.«

»Ein genaues Datum habt ihr nicht?«, fragte die Angestellte nach.

»Nein, leider kein bestimmtes«, bedauerte Janneke. »Die Geburt müsste nach unserer Berechnung ungefähr im Frühjahr 1961 stattgefunden haben.«

Melanie hob die Augenbrauen. »Das wird schwierig. Wie heißen denn die Eltern des Kindes?«

Fokke schüttelte den Kopf. »Wissen wir nicht. Nur der Vorname der Mutter ist uns bekannt. Sie heißt Elisabeth.«

Melanie riss beide Augen weit auf. »Ihr macht Witze, oder?«

»Nein, kein Witz«, klärte Janneke die Frau auf. »Wir sind auf der Suche nach der Frau und erhoffen uns, auf diesem Wege den vollständigen Namen zu erfahren.«

»Habt ihr schon mal was von Datenschutz gehört? Und dann diese dürftigen Angaben … Also ich weiß nicht.«

»Du hast ja recht, aber …«, Schmidt senkte die Stimme, »es ist wirklich wichtig. Es hängt mit dem Vorfall in unserem Hotel zusammen.«

Jetzt war Melanie ganz Ohr. »Du meinst den Mann, der bei euch im Hotel …?« Sie lächelte jetzt. »Fokke, kannst du mir nähere Einzelheiten verraten?«

»Bedauerlicherweise nein. Die Polizei hält sich auch sehr bedeckt, aber die Frau, die wir suchen, hat den Toten früher mal gekannt. Und es interessiert uns eben, was sie uns über den Mann erzählen kann. Eigentlich ist das rein private Neugier.«

Enttäuscht lehnte sich Melanie zurück. »Na ja, weil du es bist …« Sie nahm einen Stift. »Ihr wisst also nur den Vornamen der Frau und das ungefähre Geburtsdatum des Kindes?«

»Ja«, nickte Janneke, »mehr ist es nicht. Wie gesagt, sie heißt Elisabeth und das Kind müsste ungefähr im Frühjahr 1961 zur Welt gekommen sein.«

Melanie notierte sich die Angaben. »Ich mache euch einen Vorschlag. Wenn ich Zeit habe, stöbere ich in unserem Geburtenregister, ob ich etwas Entsprechendes finde, aber das kann dauern.«

»Danke«, lächelte Fokke. »Du hast etwas gut bei mir. Vielleicht haben wir ja Glück.«

»Drücken wir die Daumen«, hoffte Janneke.

»Ich muss wieder ins Büro«, sagte der Hotelier, als sie wieder auf der Straße standen. »Melanie hat meine Nummer, sie wird sich sicherlich bald melden.«

»Ich komme auch gleich ins Büro«, versprach Janneke, »aber erst muss ich da mal rangehen.« Sie suchte in den Tiefen ihrer voluminösen Handtasche nach ihrem klingelnden Telefon.

»Ja?«

»Hier ist Antje«, meldete sich Frau Aggens Enkelin zaghaft. »Entschuldige, dass ich mich jetzt erst bei dir melde.«

»Das macht doch nichts«, entgegnete Janneke, »wie geht es dir denn?«

»Ja, wie soll es schon gehen. Meine Oma ist nicht mehr da und … also die Seebestattung wird erst später stattfinden.«

»Kann ich dir irgendwie helfen?«

»Ja, das könntest du tatsächlich. Ich wäre froh, wenn ich nicht alleine wäre, wenn ich die Sachen meiner Großmutter durchsehe, denn ich will, nein, ich muss die Wohnung ausräumen, weil ich renovieren muss. Ich bin gezwungen, eine Ferienwohnung aus Omas Wohnung zu machen. Sie hatte ja ihre Rente, da sind wir gut über die Runden gekommen, aber jetzt muss ich sehen, wie ich das alles hinbekomme.«

»Das verstehe ich«, sagte Janneke. »Ich mache heute früher Feierabend und bin am Nachmittag bei dir.«

»Das wäre schön.« Antje bedankte sich bei ihrer Kollegin.

Janneke bedauerte die junge Frau. Es ist schlimm, einen Menschen zu verlieren, der einem nahesteht und mit dem man so viel gemeinsame Zeit verbracht hat. Sie dachte an Onkel Hinrich. Nicht auszudenken, wenn er eines Tages … Janneke zückte ihr Telefon und wählte Hinrichs Nummer. Sie wollte sich nur schnell versichern, dass es ihm gut ging.

## 16. Kapitel

Mit strammen Schritten lief Adriana Solano vom Nordstrand aus Richtung Café Sturmeck. Der heftige Druck, den sie auf ihrer Brust verspürte, wollte nicht nachlassen. Das ist nur Wut, versuchte sie, sich selbst zu beruhigen. Du bist gesund und dein Herz schlägt absolut normal. Heftig stapfte sie durch den feuchten Sand und zog die Mütze noch fester über ihre Ohren.

Er hat es gewusst, hämmerte es in ihrem Kopf. Er hat gewusst, dass es hier in Deutschland noch ein Kind gibt. Ihre Halbschwester oder ihr Halbbruder, ein Mensch, in dessen Adern nahezu das gleiche Blut floss wie in ihren Blutbahnen.

Ihre Mutter hatte sicher geahnt, dass da was war. Adriana konnte sich an die vorwurfsvollen Blicke erinnern, die ihre Mutter ihrem Vater zugeworfen hatte. Ja, sie muss förmlich gespürt haben, dass er ein Geheimnis mit sich herumtrug. Hatte er manchmal an Isabella und das Kind gedacht? Warum hatte er früher nie etwas unternommen, um sie zu finden?

Adriana musste ihrem Vater zugestehen, dass es in der damaligen Zeit nicht so einfach war, an Informationen zu kommen. Es gab kein Internet, keine E-Mails. Es war unmöglich, online in sämtliche Telefonbücher der Welt hineinzusehen.

Trotzdem! Sie biss die Lippen zusammen. Gelegenheiten hätte er mehr als genug gehabt. Was war aus Isabella geworden? Lebte das Kind noch? Und wenn ja, wo?

Es muss ihn gequält haben, sehr sogar. Milderten diese Gewissensbisse seine damalige Ignoranz und sein Schweigen? Adriana musste aber zugeben, dass ihr Vater sich im hohen Alter doch besonnen hatte. In seinen letzten Lebensminuten galt sein Gedanke Isabella, nicht ihr, seiner leiblichen Tochter. Er wollte Verzeihung am Ende seines Lebens. Der Hotelier war derjenige, der die letzte Botschaft entgegengenommen hatte und sich auch sehr dafür einsetzte, sein gegebenes Versprechen einzulösen.

Adriana fühlte, wie ihr die Tränen an den Wangen herunterliefen. Papa, warum hast du nie mit mir darüber gesprochen? Sie hätte ihm helfen können, aber er wollte anscheinend sein Geheimnis seiner Familie gegenüber nicht preisgeben.

Völlig außer Atem betrat Adriana das Café Sturmeck. Sie wählte einen Fenstertisch und bestellte bei der Bedienung einen großen Becher Kakao. Wahrscheinlich muss ich meinem Vater verzeihen, überlegte sie, damit ich später mit guten Gefühlen und ohne Groll an ihn denken kann. Ja, dachte sie, es war nötig, versöhnlich zu sein.

Sie sah ein paar Möwen nach, die irgendwo ein Stück Brot ergattert hatten und ihre Beute jetzt in Sicherheit brachten.

***

»So, da bin ich«, sagte Janneke, als Antje ihr die Haustür geöffnet hatte. Sie ging auf ihre Kollegin zu und nahm diese in den Arm.

»Danke, dass du gekommen bist«, freute sich Antje. »Ich bin schon dabei, die Sachen meiner Oma einzupacken.«

Janneke folgte ihr in die Wohnung. Überall standen Kisten und Kartons. »Ich komme mir wie ein Leichenfledderer vor«, stöhnte Antje, »aber mir bleibt nichts anderes übrig.«

»Ich glaube, deine Großmutter würde das verstehen. So ein Haus kostet ja auch Unterhalt.«

»Stimmt und mein Gehalt reicht dafür nicht. Alleine die Hypothek reißt ein großes Loch in den Geldbeutel.«

»Du musst noch an die Bank bezahlen?«

»Ja, meine Oma hat mir das Haus schon vor Jahren überschrieben. Irgendwann waren das Dach und eine neue Heizung fällig und da musste ich ran.« Antje öffnete den Kleiderschrank. Sie zeigte auf einen großen Karton, der danebenstand. »Vielleicht kannst du die Sachen da reinräumen? Die werden morgen abgeholt.«

»Ja, mache ich.« Janneke nahm ein Kleidungsstück nach dem anderen heraus und legte diese zusammengefaltet in den Karton. »Wann kommen denn deine Eltern? Ich meine, dann hättest du etwas Unterstützung.« Sie hatte das Gefühl, dass ihre Kollegin an etwas Schwerem trug, und das war sicherlich nicht nur der Tod der Großmutter. Antje schien plötzlich gebeugt zu gehen und nur noch zu Boden zu blicken.

»Was hast du gesagt?« Antjes Gesichtsausdruck verfinsterte sich.

»Ich hatte dich gefragt, wann deine Eltern kommen?«

»Ich glaube übermorgen. Meine Mutter will das mit der Seebestattung regeln. Mit all dem hier«, Antje machte eine ausladende Bewegung, »will sie nichts zu tun haben.« Sie öffnete eine Kommodenschublade und legte Pullover und Nachthemden in einen Wäschekorb.

»Darf ich dich noch was fragen?« Janneke war Antjes Verbitterung nicht entgangen. »Du verstehst dich nicht so gut mit deiner Mutter?«

Langsam ließ Antje den Wäschestapel sinken, den sie gerade auf dem Arm hatte. »Im Grunde genommen kann ich dir noch nicht einmal sagen, warum das so ist. Ich glaube, es ist … war eher die Distanz zwischen meiner Mutter und meiner Großmutter, die alles so schwer gemacht hat. Was da genau vorgefallen ist, kann ich dir nicht sagen, aber ich denke, der kühle Umgang der beiden miteinander hat sich dann auch auf mich übertragen.«

»Oft ist es ja so, dass Ärgernisse oder Missverständnisse in der Familie nie bereinigt werden, weil keiner drüber spricht.« Janneke legte ein Bündel leere Kleiderbügel auf den Tisch. »Und dann schleppt jeder über all die Jahre hinweg den Groll mit sich herum und niemand weiß nachher, weshalb das so ist.«

Janneke hatte den Eindruck, dass Antje ziemlich an den familiären Verhältnissen zu knabbern hatte.

Die beiden jungen Frauen räumten den Inhalt der Kommoden und Schränke in Kisten und Kartons, warfen eine Menge

Zeitungen und Krimskrams in den Müll und bedeckten die Möbel mit einer dünnen Plastikfolie.

»Was ist denn mit der Kiste da auf der Fensterbank?« Janneke zeigte auf eine kleine Holzkiste, die Antje zur Seite gestellt hatte.

»Das sind persönliche Sachen von Oma. Ich will sie durchsehen, aber ich glaube, ich hebe sie so auf, wie es ist. Wegwerfen kann ich immer noch etwas, wenn ich mir das später anders überlege.«

Janneke strich behutsam über Antjes Arm. »Das wird dich trösten, wenn du an deine Großmutter denkst.«

»Ja«, nickte Antje, »sie fehlt mir so sehr.« Sie strich mit der flachen Hand behutsam über den Deckel der Holzkiste.

***

Am nächsten Morgen, Janneke lag noch im Bett und hatte gerade die Augen geöffnet, rief Hinrich an. »Moin, schläfst du noch?«

»Fast«, nuschelte Janneke und setzte sich auf. »Ist was passiert?«

»Nee, wieso?«

»Weil du so früh anrufst. Du bist doch Rentner und musst nicht so früh hoch.«

Hinrich stöhnte dezent. »Das wird die senile Bettflucht sein«, konterte er, »das ist bei älteren Leuten so. Abends beizeiten in die Falle und morgens in aller Frühe wieder hoch, um dann mittags auf dem Sofa den fehlenden Schlaf nachzuholen.«

Janneke musste lachen. Das war typisch Hinrich, immer einen flotten Spruch auf Lager. »Ja, und was ist jetzt?«

»Ach ja, ich will mit Jan eine neue Terrassenüberdachung bauen. Was findest du besser? Rot oder Grün?«

»Was Rot oder Grün?«

»Die Farbe der Holzbalken. Welche Farbe soll ich nehmen?«

Janneke überlegte kurz. »Also mir würde Blau am besten gefallen.«

»Das habe ich gewusst«, maulte Hinrich. »Frag eine Frau nach irgendetwas und du bekommst so eine Antwort.«

Die beiden diskutierten noch eine Weile, bis Hinrich mit dem Hinweis, dass er das jetzt so machen wolle, wie er das für richtig hielt, auflegte.

Janneke wusste immer noch nicht, warum ihr Onkel, entgegen seinem sonstigen Verhalten, nach ihrer Meinung gefragt hatte, beschloss aber, sich darüber keine Gedanken zu machen.

Sie duschte, frühstückte und begab sich dann ins Büro. Fokke Schmidt telefonierte gerade und machte Janneke ein Zeichen, näher zu kommen.

»Das war Melanie«, informierte er sie, »wir können in einer Stunde ins Rathaus kommen. Sie hat etwas gefunden.«

»Wirklich?«, rief Janneke überrascht. »Eigentlich habe ich nicht damit gerechnet, dass deine Bekannte noch Daten von damals findet.«

»Melanie hat gesagt, dass sie nach langer Sucherei im Archiv fündig geworden ist.«

»Dann kann uns Isabella bestimmt einen Tipp geben, wer eventuell den Tod von Leonardo Solano zu verantworten hat«, hoffte Janneke. »Oft sind es ja lange zurückliegende Ereignisse, die schließlich viel später zu einem Verbrechen führen.«

»Da könntest du recht haben«, stimmte ihr der Hotelier zu. »Ich habe gestern Abend übrigens Kalle Bakker getroffen. Er hat mir erzählt, dass die Polizei in alle möglichen Richtungen ermittelt. Genaueres wollte er mir nicht verraten. Aber ich hatte den Eindruck, dass die Ermittler noch nicht viel weiter gekommen sind.«

»Wie Reinhard Asmus mir erzählte, hat Kalle die Aufzeichnungen des Opfers auch gelesen«, sagte Janneke.

»Ja, er meint aber, das wären sentimentale Erinnerungen eines alten Mannes aus vergangenen Zeiten. Auch mein Einwand, dass der Getötete mich gebeten hatte, seine damalige Freundin zu suchen, machte auf ihn keinen Eindruck. Das eine hätte mit dem anderen nichts zu tun. Dann ist er noch damit herausgerückt, dass er Reinhard Asmus noch einmal intensiv befragen will. Denn der hätte ja ein schlüssiges Motiv, den Mann zu töten.«

»Er geht eben jeder Spur nach. Asmus hat nun mal ein starkes Motiv und kein wasserfestes Alibi.« Janneke sah auf die Uhr. »Ich denke, wir sollten los.«

Melanie Meews erwartete sie schon in ihrem Büro. Vor ihr auf dem Tisch lag ein unansehnlicher Aktenordner aus graublauer Pappe.

»Wie können wir dir nur danken?«, freute sich Schmidt. »Wahrscheinlich hast du lange suchen müssen.«

»In der Tat«, bestätigte die Angestellte. »Aber ich bin fündig geworden. Und für was wolltet ihr noch mal die Daten haben?« Die Rathausmitarbeiterin sah ihre Besucher skeptisch an.

»Es geht immer noch um den Mordfall im Nordsee-Hotel«, erläuterte Janneke. »Wir erhoffen uns, von der Frau ein paar Informationen zu bekommen.«

»Nun gut«, sagte Melanie. »Eine Person habe ich gefunden, die eventuell die von euch Gesuchte sein könnte.«

Mit Besorgnis registrierte Janneke, dass Melanie Meews' Gesicht sehr verschlossen war. Die Frau hielt beide Hände flach auf den Aktenordner gepresst und sah von einem zum anderen.

»Es gibt da nur ein kleines Problem«, erläuterte sie mit ernster Stimme. »Wenn es rauskommt, dass ich den Datenschutz verletze, fliege ich hochkant raus.«

»Und jetzt?« Fokke versuchte erst gar nicht, seine Enttäuschung zu verbergen.

Langsam schlug Melanie die Akte auf und strich mit der flachen Hand über ein Dokument. »Hier steht alles drin«, murmelte sie. »Aber ich muss mich für einen Moment entschuldigen, ein dringendes Bedürfnis. Es könnte eine Weile dauern«, nuschelte sie und verließ, ohne die beiden anzusehen, den Raum.

Janneke sprang sofort auf, lief um den Schreibtisch und beugte sich über die Akte.

»Elisabeth Agnes Gröpert, geborene Remmers«, las sie laut vor. Auch Fokke beugte sich jetzt über das Schriftstück. »Der Ehemann heißt Anton … Anton Gröpert … kommt mir irgendwie bekannt vor.«

»Und hier.« Janneke zeigte auf eine weitere Spalte. »Das Kind heißt Frerk, geboren am einundzwanzigsten April 1961. Das könnte hinkommen. Wir wissen ja nicht genau, wann Isabell schwanger geworden ist. Sieh mal hier, eine Zeile weiter unten ist normalerweise das Geburtsdatum der Mutter vermerkt, aber das kann man nicht mehr lesen.«

»Und wieso steht da ein Ehemann?«, wunderte sich Fokke, »Isabella war ja nicht verheiratet.«

Janneke zuckte ratlos mit den Schultern. »Es kann ja sein, dass sie vor der Geburt schnell noch geheiratet hat, damit das Kind nicht unehelich zur Welt kommt. Ich glaube, damals war das eine Schande, ein außereheliches Kind zu bekommen.«

»Das könnte allerdings sein.« Fokke hatte sein Handy gezückt und die Notizfunktion aktiviert. »Sieh mal nach der Adresse.«

»Moment … ja, hier steht: Reedestraße siebzehn.«

»Ist notiert.« Fokke steckte sein Telefon wieder weg. »Zumindest haben wir jetzt einen Anhaltspunkt.«

In diesem Moment öffnete sich die Tür und Frau Meews kam wieder rein. »Entschuldigt bitte die Verzögerung, aber ich kann euch beim besten Willen nicht weiterhelfen.«

»Ja«, grinste Fokke, »das tut uns auch sehr leid.«

»Gerne geschehen.« Frau Meews drückte beiden mit einem verschmitzten Lächeln die Hand.

Nachdem Janneke und Fokke das Gebäude verlassen hatten, sah sich die junge Ostfriesin um. »Und jetzt laufen wir in die Reedestraße, obwohl das sicher nichts bringt?«

»Wieso?«

»Meinst du, die Familie Gröpert wohnt immer noch dort?«

»Du hast recht«, stimmte ihr Schmidt zu. »Was machen wir dann?«

»Guck doch mal im Borkumer Telefonbuch nach, ob du etwas findest.«

Fokke kramte sein Telefon wieder hervor und öffnete die entsprechende Datei. »Warte kurz … ja … und schon habe ich es gefunden. Anton Gröpert, Bantjedünen siebzehn.«

»Und das ist wo?«

Skeptisch sah Fokke auf Jannekes Schuhwerk. »Das ist ein bisschen außerhalb und ich befürchte, dass du da nicht unbeschadet hinkommst.«

»Du glaubst gar nicht, wie weit ich mit meinen Schuhen komme«, entgegnete Janneke. »Ist das sehr weit?«

»Wir müssen ein gutes Stück laufen«, sagte Fokke, »aber warte mal. Wir gehen zu Onno. Der hat hier um die Ecke einen Fahrradverleih. Er wird uns sicher für ein Stündchen aushelfen.«

Das Haus in den Bantjedünen stand auf einem großen, gepflegten Grundstück. Neben dem Eingang befand sich ein rot-weiß gestrichener kleiner Leuchtturm, die Fenster des Klinkerhauses waren blau gestrichen.

»Ich glaube, Anton Gröpert hat früher bei der Borkumer Kleinbahn gearbeitet«, erinnerte sich Fokke, als sie vor dem Haus standen. »Ich bin gespannt, ob wir Glück haben und es tatsächlich Isabellas Ehemann ist.«

»Ja, ich auch«, meinte Janneke. »Drück mal auf die Klingel.«

Es dauerte eine Weile, bis jemand öffnete. Eine ältere, kräftige Frau stand in der Tür. »Moin.«

»Moin Frau Gröpert, entschuldigen Sie bitte die Störung, aber wir sind auf der Suche nach einer Frau und …«, begann Schmidt und sah dann Janneke an. Diese trat jetzt einen Schritt vor. »Moin, darf ich Sie etwas fragen?«

»Bitte.«

»Ist Ihr Vorname Elisabeth?«

Die Frau stutzte. »Ähmm, ja, aber was soll das?«

»Ist Ihnen ein Mann namens Leonardo Solano aus Italien bekannt?«

»Wer?« Frau Gröpert kniff misstrauisch die Augen zusammen. »Wer soll das sein?«

»Wir suchen eine Bekannte des Mannes mit dem Vornamen Elisabeth und wir dachten, Sie könnten das sein.«

Hinter Frau Gröpert tauchte ein Mann auf. »Was wollen Sie denn von meiner Frau?«

»Die Leute suchen eine Frau, die irgend so einen italienischen Mann gekannt hat«, informierte Frau Gröpert ihren Mann. »Wann soll das denn gewesen sein?«, wandte sie sich an Janneke.

»Ungefähr vor sechzig Jahren.«

Frau Gröpert runzelte die Stirn. »Anton, fällt dir da was ein?« Anton schüttelte nur den Kopf.

»Wissen Sie«, sagte Frau Gröpert, »wir sind auch erst kurz vor der Geburt unseres Sohnes wieder auf die Insel gezogen. Mein Mann wollte unbedingt, dass unser Kind auf Borkum zur Welt kommt. Anton würde sich sicher an Ihren Italiener erinnern, wenn wir damals etwas mit dem zu tun hatten. Mein Mann vergisst kein Gesicht und keinen Namen.«

»Ja, dann …« Janneke schluckte ihre Enttäuschung runter. »Vielen Dank, dass Sie sich mit uns unterhalten haben.«

»Da nicht für«, lächelte Frau Gröpert.

Anton trat vor die Haustür. Er sah Fokke prüfend an. »Sagen Sie, sind Sie nicht der Sohn vom Nordsee-Hotel?«

Fokke nickte. »Stimmt, das bin ich.«

»Siehste«, triumphierte Anton und wandte sich zu seiner Frau um. »Ich vergesse nie ein Gesicht.«

Er klopfte Fokke kurz auf den Arm und verschwand mit seiner Frau wieder im Haus.

Auf dem Heimweg war Janneke sehr nachdenklich. Mit unbeweglichem Gesicht trat sie in die Pedale und sah nicht nach rechts oder links.

»An was denkst du?«, wollte Fokke wissen.

»Komisch, Frau Gröpert hat den Namen Solano gar nicht mit dem Mordopfer im Hotel in Zusammenhang gebracht.«

»Ich denke, das kommt daher, dass die Zeitung häufig nur über einen älteren Mann aus Italien geschrieben hat. Den konkreten Namen haben sie selten genannt. Und Frau Gröpert ist sicherlich auch nicht unter denjenigen, die von der Polizei während der Ermittlungen befragt wurden, deshalb hat sie das nicht in Zusammenhang gebracht.«

Janneke nickte. »Ja, das leuchtet mir ein.« Sie strampelte tapfer weiter. »Langsam komme ich zu der Erkenntnis, dass wir am Ende angekommen sind.«

»Ja«, bestätigte Schmidt, »ich glaube jetzt auch, dass die Sache aussichtslos ist.«

***

»Also wirklich, Hinrich!«, rief Janneke und klammerte ihr Telefon fest. »Wie hast du das denn angestellt?«

»Jetzt meckere doch nicht rum«, maulte Hinrich Hoogestraat. »Ist doch nichts weiter passiert.«

»Eben hast du mir gesagt, dass du dir eine Sehne gerissen hast.«

Hinrich stöhnte. »Angerissen, nur angerissen.«

»Schlimm genug«, entgegnete Janneke, »und wie ist das passiert?«

Hinrich holte tief Luft. »Jan, der Dösbaddel, hat die Leiter … jedenfalls war da ein Loch und dann ist es eben passiert.«

»Ich mache hier nur alles fertig, den Rest kann ich von zu Hause aus machen und dann komme ich.«

»Nee, nee«, bölkte Hinrich ins Telefon. »Das tut überhaupt nicht nötig. Bleib du nur mal da, wo du bist, das ist mir lieber so.«

Schweren Herzens willigte Janneke ein. Sie nahm Hinrich das Versprechen ab, dass er sie benachrichtigen sollte, sobald er ihre Hilfe benötigte.

»Ist was passiert?«, fragte Schmidt nach, als Janneke aufgelegt hatte.

»Ich glaube, es ist nicht so schlimm. Mein Onkel hat sich eine Sehne an der Schulter gezerrt.« Sie seufzte. »Der macht aber auch immer so einen Unsinn. Du musst wissen, eines seiner Hobbys ist Möbel umräumen. Manchmal tauscht er sein Wohnzimmer mit seinem Schlafzimmer, damit er ein neues Wohngefühl hat.«

»Ja, so kann man sich auch helfen«, grinste der Hotelier.

»Ich geh mal kurz frische Luft schnappen«, erklärte Janneke und nahm ihre Jacke von der Stuhllehne. »Ich habe mich doch ganz schön erschrocken. Ich muss erst mal runterkommen.«

Sie lief über die Promenade und die Stufen zum Strand herunter. Es war jetzt Ende März und die Sonne wärmte schon kräftig. Ein paar Gäste wanderten am Strand entlang. Sie nahm sich vor, dies auch einmal zu tun, dann aber mit bequemerem Schuhwerk.

Auf dem Rückweg traf sie Maria von der Rezeption in Begleitung einer jungen Frau. »Moin Frau Hoogestraat«, begrüßte Maria sie. »Antje hat angerufen, sie kommt heute zum Spätdienst.«

»Dann geht es ihr wieder besser?«

»Ich glaube ja, sie hat sich ganz entspannt angehört.« Maria stieß ihre Begleiterin an. »Das ist übrigens Inka. Sie hat Herrn Solano am Morgen gefunden, ehe er … Sie wissen schon.«

»Ach ja, Herr Schmidt hat mir das erzählt«, sagte Janneke. »Sie wollten ihn zum Frühstück holen?«

»Ja, ich habe ein bisschen auf ihn geachtet. Jeden Morgen habe ich an seine Zimmertür geklopft und ihn dann in den Frühstücksraum begleitet. Er war ja noch fit, aber ich war ihm ein wenig behilflich, sein Frühstück zusammenzustellen. Ich denke, er hat diese Zuwendung genossen.«

»Hat er irgendwann mal erwähnt, dass er sich unwohl fühlt oder mit jemandem Streit hatte?«

Inka schüttelte den Kopf. »Er war sehr schweigsam. Er ging oft spazieren oder saß in seinem Zimmer und hat gelesen.

Manchmal hat er auch geschrieben. Die Kollegen haben erzählt, dass er abends immer zum Essen ausgegangen ist und sich mit allen möglichen Leuten unterhalten hat. Er war wirklich ein sehr angenehmer Mensch.«

»Schlimm, was da passiert ist«, bemerkte Maria und hakte Inka unter. »Inka hat sich immer noch nicht von dem Schreck erholt.«

»Ja, das kann ich mir vorstellen«, sagte Janneke. »Das war bestimmt schlimm für Sie.«

»Das können Sie laut sagen.« Inka trat von einem Bein auf das andere. »Frau Solano hat mich auch schon nach ihrem Vater gefragt. Sie war dankbar, dass ich mich um ihn gekümmert habe.« Sie sah Maria an. »Ich glaube, wir müssen.«

Die Kollegin nickte. »Ja, wir sollten los.«

Janneke sah den beiden nach, wie sie Richtung Stadt marschierten, und kehrte wieder ins Büro zurück.

Am späteren Nachmittag traf sie Antje an der Rezeption, die wirklich etwas erholter aussah. »Und wie weit bist du mit deiner Ferienwohnung?«, wollte Janneke wissen, nachdem sie Antje mit einer Umarmung begrüßt hatte.

»Es ist alles gestrichen und geputzt. Es sieht wirklich sehr schön aus. Ich glaube, die Gäste werden sich wohlfühlen. Wenn du Lust hast, komm doch vorbei, dann kannst du dir alles ansehen. Morgen Nachmittag bin ich zu Hause.«

»Das mache ich auf alle Fälle«, versprach Janneke. »Ich mache noch einen kleinen Rundgang durch die Stadt.« Vor allem in dem Schuhladen musste sie unbedingt noch einmal vorbeischauen, nahm sich Janneke vor. Schnellen Schrittes verließ sie das Nordsee-Hotel.

***

Janneke hatte sich gerade zum Frühstück hingesetzt, als Adriana Solano am nächsten Morgen an ihren Tisch trat. »Hallo Frau Hoogestraat, kann ich mich ein wenig zu Ihnen setzen? Ich möchte heute nicht so gerne alleine frühstücken.«

»Aber natürlich«, lächelte Janneke die Frau an. »Ich finde es auch schöner, in Gesellschaft zu frühstücken.«

»Das ist lieb von Ihnen«, bedankte sich die Italienerin. »Ich geh nur schnell zum Frühstücksbuffet und hole mir etwas.«

Besorgt sah Janneke der Frau nach, die mit unsicheren Schritten an dem langen Tisch entlanglief und sich mit Brötchen und Kaffee versorgte.

»Haben Sie denn das alles so halbwegs verdaut?«, erkundigte sich Janneke, als Adriana sich gesetzt hatte. »Ich kann mir vorstellen, dass das alles nicht so einfach für Sie ist.«

Frau Solano trank einen Schluck Kaffee. »Ja, Sie haben recht, es ist schwierig. Nein, eigentlich ist es erschütternd. Ich bin jetzt über fünfzig und erfahre durch die Aufzeichnungen meines toten Vaters, dass ich noch ein Geschwister habe. Ich weiß noch nicht einmal, ob es ein Bruder oder eine Schwester ist.«

»Haben Sie denn sonst noch Geschwister?«

Adriana schüttelte den Kopf. »Ich bin ein Einzelkind.« Sie stockte kurz. »Obwohl das ja eigentlich nicht korrekt ist, wie ich jetzt weiß.«

Sie nahm ein Croissant, brach es in der Mitte durch und legte beide Teile wieder auf ihren Teller. »Herr Schmidt hat mir erzählt, dass Sie auch alles darangesetzt haben, um die Frau zu finden, die von meinem Vater ein Kind hat?«

Janneke nickte. »Wir haben alles versucht und es war wohl vergeblich. Wir hatten uns auch erhofft, von ihr etwas darüber zu erfahren, ob Ihr Vater hier auf der Insel noch mehr Verbindungen oder Bekanntschaften hatte.«

»Der Kommissar, Herr Ba…?«

»Herr Bakker«, half Janneke aus.

»Ja, so heißt er. Ich war gestern noch einmal bei ihm«, berichtete Frau Solano. »Er hat mir gesagt, dass er leider keine Neuigkeiten für mich hat. Er erzählte noch, dass er und seine Kollegen in den diversen Lokalen, in denen sich mein Vater regelmäßig aufgehalten hat, mit dem Personal gesprochen haben. Fast alle konnten sich gut an ihn erinnern, aber das war auch schon alles.«

»Haben Sie mit dem Kommissar noch einmal über die Notizen Ihres Vaters gesprochen?«

»Ja, das habe ich auch noch mal zur Sprache gebracht, aber er hielt sich bedeckt und meinte, dass sie aufmerksam die Zeilen gelesen hätten und alle darin enthaltenen Hinweise bei den weiteren Ermittlungen berücksichtigen würden.«

»Manchmal ergeben sich auch später noch irgendwelche Erkenntnisse«, versuchte Janneke, Solanos Tochter ein wenig zu trösten.

»Ja, so ähnlich hat sich der Kommissar auch ausgedrückt.« Mit zusammengepressten Lippen sah Adriana aus dem Fenster. »Ich werde heute Nachmittag abreisen. Mein Urlaub geht zu Ende und ich kann hier sowieso nichts tun.«

»Das Heft, die Notizen Ihres Vaters … Sie hatten uns doch alles übersetzt oder gibt es noch etwas, was wir noch nicht gehört haben?«

»Ja, das war alles. Das zweite Heft war ja ohnehin leer.« Adriana stand auf. »Ich werde mir die Notizen zu Hause auch noch mal durchlesen.« Sie reichte Janneke die Hand. »Ich bedanke mich bei Ihnen für Ihr Interesse und für Ihren Einsatz.«

»Ich wollte, ich hätte Ihnen mehr helfen können.«

Als Frau Solano gegangen war, überlegte Janneke, dass es auch für sie Zeit war, die Insel zu verlassen. Den Rest konnte sie zu Hause erledigen. Außerdem wollte sie Onkel Hinrich nicht so lange alleine lassen. Und im Fall Solano gab es auch nichts mehr zu tun. Entschlossen machte sie sich auf den Weg ins Büro, um mit Fokke das Nötigste zu besprechen. Später würde sie ihre Koffer packen und am nächsten Morgen mit der ersten Fähre nach Emden fahren. Und am Nachmittag hatte sie dann noch genug Zeit, Antje noch einen Besuch abzustatten, so wie sie es versprochen hatte.

Das Büro fand Janneke leer vor. Sie packte ein paar Utensilien ein, die sie nicht mehr benötigte. Schade, dass die

Zeit hier auf der Insel vorbei war, bedauerte sie. Die Arbeit hatte ihr Spaß gemacht. Und aufregend war es gewesen. Nie im Leben hätte Janneke vermutet, dass sie in dieser idyllischen Umgebung mit einer Straftat konfrontiert werden würde.

Gab es nicht doch eine Möglichkeit, einen Zipfel der Wahrheit zu erhaschen?, grübelte sie und packte Stifte, Taschenrechner und Lineal in ein kleines Etui. Janneke war fest davon überzeugt, dass Fokke und sie, wenn sie einmal Isabella ausfindig gemacht hätten, auch hinter das Geheimnis des Todes von Leonardo Solano gekommen wären.

Die Suche nach seiner einstigen Geliebten war der eigentliche Grund, warum der alte Mann die weite Reise auf eine Nordseeinsel auf sich genommen hatte.

Der ehemalige Kollege Reinhard Asmus schied nach Jannekes Ansicht als Täter aus. Sie konnte sich lebhaft vorstellen, wie die beiden Männer in Streit geraten waren und Solano sogar vor Erpressung nicht zurückgeschreckt hatte. Dass Asmus aus Angst vor Aufdeckung seinen Erpresser ermordet hatte, konnte sich Janneke jedoch nur schwer vorstellen. Aber ausschließen konnte sie es nicht.

»Man muss wissen, wann es Zeit ist aufzugeben«, murmelte sie und ordnete weiter ihre Unterlagen.

Der Himmel war am Nachmittag nicht mehr so bedeckt wie am Morgen und ließ ein paar Sonnenstrahlen durch. Ein wenig Nordseeluft würde ihr guttun, dachte Janneke und verließ das Büro. Sie war auf dem Weg in ihr Zimmer, als ihr das Zimmermädchen Inka begegnete. »Moin Inka«, sprach Janneke die junge Frau an. »Kann ich Sie noch etwas fragen?«

Inka war stehen geblieben. »Ja, gerne.«

»Sie hatten ja erzählt, dass Sie sich ein wenig um Herrn Solano gekümmert haben.«

»Ja, das stimmt. Ich hätte das ja nicht tun müssen, aber ich hatte das Gefühl …« Inka hielt kurz inne. »Er hat mich an meinen verstorbenen Großvater erinnert. Ich glaube, das war der Grund, dass ich mich ein wenig um ihn gesorgt habe.«

»Ja, das kann ich gut verstehen«, sagte Janneke. »Hat Herr Solano eventuell hier im Hotel Besuch empfangen?«

»Nein«, entgegnete die junge Hotelangestellte. »Wir haben uns oft im Kollegenkreis darüber unterhalten und uns gewundert, wie in sich gekehrt ein Mensch doch sein kann.«

»Und an dem Morgen, als Sie bemerkt haben, dass es ihm nicht gut ging, haben Sie da hier auf dem Flur oder im Frühstücksraum etwas Besonderes bemerkt?«

Inka sah zu Boden. »Nein … im Frühstücksraum war ich gar nicht. Den habe ich nur morgens mit Herrn Solano betreten, ansonsten habe ich mich um die Gästezimmer gekümmert.« Sie drehte sich um. »Hier, die zweite Tür links, das war das Zimmer von Herrn Solano. Ich habe geklopft und es kam keine Antwort.«

»Und dann sind Sie rein?«

Inka nickte. »Wenn Sie wollen, können Sie sich das Zimmer ansehen. Im Moment ist es nicht belegt.« Das Zimmermädchen lief, ohne eine Antwort Jannekes abzuwarten, zur Tür und öffnete diese. »Sehen Sie«, sagte sie, als Janneke neben sie trat. »Die Vorhänge waren geschlossen, es war dämmrig im Raum. Herr Schmidt ist zuerst rein und hat sofort bemerkt, dass etwas nicht stimmte. Er hat sofort Antje losgeschickt, um einen Notarzt zu holen.«

Janneke sah sich im Zimmer um, welches jetzt hell und aufgeräumt war. »Ich sehe, es ist sogar mit Meerblick.« Sie schob die Gardine etwas zur Seite und blickte auf die Promenade und den Strand.

»Ja, darauf hat Herr Solano bei seiner Buchung immer großen Wert gelegt. Es musste ein Zimmer mit Seeblick sein«, erzählte Inka. »Da fällt mir jetzt wieder etwas ein, was er mal erwähnt hat. Er hat gesagt, der Blick auf die Nordsee, das Rauschen des Meeres, welches er in der Nacht bei geöffnetem Fenster hören könne, das alles würde die Schatten vertreiben, die manchmal schwer auf ihm lasteten. Es klang sehr traurig und ich weiß bis heute nicht, was er damit gemeint hat.«

## 17. Kapitel

»Ja, das müsste hinhauen«, meinte der Hotelier und schob den Stapel Papiere zusammen. »Du kannst das ruhig mit nach Hause nehmen, dann hast du alle Notizen und Daten parat.«

»Das ist gut«, freute sich Janneke. »Dann brauche ich mir das alles nicht mehr auszudrucken.« Sie nahm den Stapel und beförderte ihn in ihre geräumige Handtasche. Sie hatte Fokkes amüsierten Blick bemerkt.

»Du brauchst nichts zu sagen«, alberte sie. »Es ist schon ein enormer Vorteil, wenn man alles in einem Gepäckstück transportieren kann. Stell dir vor, ich hätte so ein klitzekleines Handtäschchen, dann müsste ich mich jetzt mit einer Aktentasche oder sonst was herumplagen.«

»Ich habe nichts gesagt«, grinste Schmidt und sah auf die Uhr. »Mist! Schon fast neun Uhr. Ich muss los. Schmieding wartet bestimmt schon.«

»Wer ist denn Schmieding?«

»Der Tourismusmanager.« Er eilte zur Tür. »Wir sehen uns ja heute Abend?«

»Ja, klar. Meinst du, ich verschwinde einfach so sang- und klanglos?«

»Also bis dann«, rief Fokke und verließ das Büro.

Als Janneke alleine war, ging sie sorgfältig alle Dateien durch und fügte noch einige Bemerkungen an.

Schade eigentlich, bedauerte sie und sah dabei sehnsüchtig aus dem Fenster. Die Arbeit im Nordsee-Hotel hatte ihr Spaß gemacht, sie hatte viele Menschen kennengelernt und auch ausreichend Zeit gehabt, Strand, Wind und Wellen zu genießen. Sie nahm sich fest vor, irgendwann mit ihrem Onkel auf der Insel Urlaub zu machen. Vielleicht im Sommer, wenn es etwas wärmer sein würde, dann könnten sie … Janneke stand auf und öffnete das Fenster. Wenn sie nicht alles täuschte, saß genau gegenüber dem Hotel Reinhard Asmus mit seiner Frau auf einer Bank. Beide sahen unentwegt zu ihr hinüber. Asmus hob die Hand, als er sie erblickte, und machte eine Geste, sie möge doch zu ihnen rauskommen.

Was wollten die beiden denn von ihr? Und warum waren sie nicht ins Hotel gekommen und hatten nach ihr gefragt?

Janneke griff nach ihrer Jacke, lief zügig durch das Foyer und verließ das Gebäude. Schon von Weitem sah sie Asmus und seine Frau heftig diskutieren.

»Sie hätte ich aber hier nicht erwartet«, begrüßte Janneke die beiden älteren Herrschaften. »Wollten Sie zu mir?«

Asmus nickte. »Ja, wir hätten da noch etwas zu besprechen.«

Janneke setzte sich neben Frau Asmus. »Warum sind Sie denn nicht reingekommen? Man hätte mir doch Bescheid gesagt.«

»Wir wollten nicht stören«, ergriff Petje Asmus das Wort. »Vielleicht ist das ja nicht so wichtig, und deshalb Land und Leute verrückt machen, das wollten wir natürlich nicht.«

»Also, jetzt mach schon«, forderte Reinhard seine Frau auf, »auch wenn es nicht so wichtig erscheint, aber deshalb sind wir hierhergekommen.«

»Ja, erzählen Sie doch einfach«, forderte Janneke Frau Asmus auf und wartete gespannt, was jetzt kommen würde.

»Es ist so …«, begann Frau Asmus und sah ihren Mann unsicher an.

»Meine Frau hat mir das erst gestern erzählt. Wir haben uns gründlich ausgesprochen, müssen Sie wissen«, unterbrach Asmus seine Frau. »Jetzt aber … Petje, jetzt mach schon …«

Frau Asmus atmete zweimal tief ein und aus. »Es ist nämlich so: Die junge Frau, nach der Sie neulich gesucht haben, die war ja schon mal bei meinem Mann, aber das habe ich damals nicht mitbekommen. Er hat mir das gestern erst erzählt … Jedenfalls … sie war in diesem Sommer damals noch einmal bei uns. Und bei diesem Besuch war nur ich zu Hause.«

»Ja, Petje sagt, das muss ein paar Wochen nach ihrem ersten Besuch gewesen sein«, ergänzte Asmus. »Da ist sie noch einmal zu uns nach Hause gekommen.«

Janneke dachte kurz nach. »Und Sie haben das Ihrem Mann nie erzählt?«

»Nein, ich war ganz jung verheiratet und ich wusste, dass Reinhard und seine Musikerkollegen eine ganz wilde Horde waren … auch mit Frauen, wenn Sie verstehen, was ich meine.« Unsicher nestelte sie an ihrem Jackenkragen herum. »Ich hatte große Sorge, dass das Kind, welches die junge Frau dabeihatte, von meinem Mann ist. Ich war sehr unfreundlich zu ihr und wollte sie möglichst schnell wieder loswerden.«

»Petje hat nicht gewusst, dass es Isabella war«, mischte sich Asmus erneut ein. »Erst als wir gestern darüber gesprochen haben, ist es ihr klar geworden.«

»Ja, das stimmt. Sie hat nach Reinhard gefragt und dann nach einem Kollegen meines Mannes. Ob sie damals den Namen Solano genannt hat, weiß ich nicht mehr, aber ich weiß noch genau, dass sie den Vater ihrer Tochter suchte. Sie sagte, das wäre der ehemalige Kollege von Reinhard.«

»Sie suchte den Vater ihrer Tochter«, wiederholte Janneke die neue Erkenntnis, denn bis jetzt hatte man ja immer nur von einem Kind geredet.

»Ja, genau so war es. Die Kleine hieße Unetta, hat sie mir auf meine Nachfrage gesagt. Ich habe dann versucht, ihr zu erklären, dass ich nichts wüsste, und sie aufgefordert, zu gehen. Reinhard habe ich nie etwas davon erzählt. Ich habe mich sicherlich gefürchtet, dass er doch etwas damit zu tun haben könnte.«

»So ein Blödsinn«, rief Asmus. »Isabella hätte dir das schon auf die Nase gebunden, wenn es mein Kind gewesen wäre. Ich bin immer noch erschüttert, was du mir alles zutraust.«

»Jetzt sei doch mal still, Reinhard«, wehrte Petje ab. »Wir wollten Ihnen eigentlich nur sagen, dass der Mann, also der Italiener, eine Tochter hat, die Unetta heißt. Vielleicht hilft Ihnen das, die Mutter oder die Tochter zu finden, damit sich das alles aufklärt.«

»Vielen Dank an Sie beide, dass Sie sich die Mühe gemacht haben, extra hierher zu kommen«, verabschiedete sich Janneke von den beiden Senioren.

Wieder an ihrem Schreibtisch sitzend, grübelte Janneke darüber nach, was sie mit dieser Information anfangen könnte. Shoppen hatte ihr immer schon beim Nachdenken geholfen. Deshalb beschloss sie, genau dies zu tun.

In einer Boutique in der Bismarckstraße erstand sie ein Halstuch, welches genau in den Farben ihrer neuen Schuhe schimmerte. Anschließend schlenderte sie gemütlich zum Neuen Leuchtturm und weiter zum Bahnhof.

Gerade als Janneke am Inselfriseur vorbeikam, öffnete sich die Ladentür und Tina Blume trat heraus. Die Friseurin schloss den Laden ab und drehte sich zu Janneke um. »Hallo, Sie sind ja noch da.«

»Ja, eigentlich wollte ich schon weg sein.«

»Ich hoffe, der Urlaub hier auf der Insel hat Ihnen gefallen«, sagte Frau Blume. »Können Sie doch noch länger bleiben?«

»Nicht mehr sehr lange«, entgegnete Janneke. »Aber es war kein Urlaub. Ich habe im Nordsee-Hotel im Büro gearbeitet wegen des Firmenjubiläums.«

»Ach ja, stimmt, Fokke hat das mal erwähnt.«

Janneke hatte immer noch das Gespräch mit Reinhard Asmus und seiner Frau im Kopf. »Sagen Sie, Frau Blume, kennen Sie hier auf Borkum eine Frau, die mit Vornamen Unetta heißt? Sie müsste ungefähr neunundfünfzig Jahre alt sein.«

»Alle Leute kenne ich natürlich nicht«, schränkte Tina Blume ein. »Borkum hat über fünftausend Einwohner, viele kommen ursprünglich vom Festland und arbeiten in den Kliniken oder Hotels.« Frau Blume überlegte einen Moment. »Ich persönlich kenne zwei Frauen, die Unetta heißen. Eine ist Ende zwanzig und die andere ist weit über siebzig. Warum wollen Sie das wissen?«

»Ein paar Bekannte von mir haben erzählt, dass die wiederum eine Bekannte auf der Insel haben, die schöne Ferienwohnungen vermietet«, log Janneke. »Ich weiß allerdings nur den Vornamen, keine Adresse, nichts.«

»Das wird schwierig«, bedauerte die Friseurin. »Aber wenn Sie eine Ferienwohnung suchen, holen Sie sich doch ein Gastgeberverzeichnis oder fragen bei der Kurverwaltung nach.«

»Keine schlechte Idee«, meinte Janneke, »das mache ich.«

»Na dann, alles Gute«, winkte ihr Tina Blume zu. »Ich mache jetzt erst mal Mittagspause.«

Unschlüssig schlenderte Janneke weiter. Der gut gemeinte Hinweis der Eheleute Asmus brachte auch keine Klarheit in die Sache. Sollte sie noch mal zum Einwohnermeldeamt gehen?, überlegte sie, verwarf den Plan aber schnell wieder. Alles, was sie zu bieten hatte, war ein Vorname, sonst nichts.

Na gut, dachte sie, dann sollte es eben nicht sein. Sie sah auf die Uhr. Sie hatte noch genügend Zeit, Antje zu besuchen und sich von ihr zu verabschieden, ehe es am nächsten Tag wieder zum Festland ging.

***

Antje schien sie schon erwartet zu haben, denn als Janneke gerade das Gartentor hinter sich schloss, hatte diese schon die Haustür geöffnet.

»Schön, dass du vorbeikommst.«

»Ich hatte dir das doch versprochen.«

»Komm mit.« Ungeduldig zog Antje Janneke am Arm in die ehemalige Wohnung ihrer Großmutter. »Es ist ein komisches Gefühl, dass hier bald fremde Leute wohnen werden, aber Oma hätte bestimmt nichts dagegen.« Sie seufzte. »Ich muss mich nur einfach dran gewöhnen.«

»Alle Achtung«, entfuhr es Janneke, als sie sich in dem frisch renovierten Zimmer umsah. Die Wände waren in einem frischen Gelb gestrichen, die Möbel aus massivem Holz waren aufpoliert worden. Die neuen Gardinen gaben dem Raum einen ganz neuen Anstrich. »Das ist aber schön geworden.«

»Ja, eine Freundin und ihr Mann haben mir geholfen. Alleine hätte ich das nicht so schnell hinbekommen.«

»Ach, sieh mal, die Holzkiste deiner Oma steht ja noch auf der Fensterbank.«

»Die ganze Zeit habe ich vergessen, sie mit nach oben zu nehmen. Unter der Abdeckfolie beim Streichen habe ich sie glatt übersehen. Komm, sieh dir mal das Bad an«, sagte Antje und öffnete eine Tür. »Das haben wir ja erst vor Kurzem renovieren lassen. Ich habe nur einen neuen Duschvorhang angebracht.«

»Pink«, lachte Janneke, »genau meine Farbe.«

»Und jetzt die Küche.« Stolz zeigte Antje auf die duftigen Fenstervorhänge aus gelbem Baumwollstoff. »Die Küchenausstattung ist fast noch neu. Oma hat ja seit drei Jahren nichts mehr gekocht. Du siehst also, alles war eigentlich ganz einfach.«

»Ich glaube, deine Großmutter wäre stolz auf dich.« Janneke ging wieder in den großen Wohnschlafraum. »Richtig kuschelig.« Sie zeigte auf ein Bücherregal neben dem Fenster. »Hast du die jetzt kürzlich dahingestellt oder war deine Oma ein Krimi-Fan?«

»Die Bücher hat Jörg hiergelassen. Ich dachte, ein bisschen Lesestoff kommt bei den Feriengästen sicher gut an.«

Mit zur Seite geneigtem Kopf versuchte Janneke, die Titel zu lesen. »Ach, das kenne ich. Kann ich das mal rausnehmen?«

»Natürlich kannst du das.«

Janneke stellte ihre Handtasche, die sie die ganze Zeit noch in der Hand gehalten hatte, auf der Fensterbank ab. Sie wollte sich gerade wieder zu dem Bücherregal umdrehen, als das kleine Holzkästchen zu Boden fiel und sich der gesamte Inhalt auf dem Holzfußboden verteilte.

»Oh Gott«, rief Janneke bestürzt, »das wollte ich natürlich nicht.« Sie bückte sich und begann, den Inhalt wieder einzusammeln. Antje hatte sich ebenfalls hingekniet.

»Manchmal bin ich aber auch ein Schussel«, schimpfte Janneke und legte ein Bündel Postkarten in die Kiste zurück. »Onkel Hinrich sagt immer, ich hätte … Wo hast du das denn her?« Fragend sah sie Antje an. »Ich habe so etwas schon mal gesehen.«

Mit starrem Gesichtsausdruck starrte die Hotelangestellte auf den Schlüsselanhänger mit einem halben Herz in Jannekes Hand und schwieg. »Antje, bitte sag mir, wem das gehört«, hakte Janneke nach.

»Das hat meiner Oma gehört«, presste Antje hervor. »Jetzt gib das wieder her, das geht dich nichts an.«

Janneke stand auf und wog das halbe Herz in ihrer Hand. Ihre Gedanken schwirrten durcheinander. Sicherlich gab es mehrere Exemplare von diesem Anhänger für Verliebte. Konnte es Zufall sein, dass Antjes Großmutter genau das gleiche halbe Herz besessen hatte wie Leonardo Solano? Beziehungsweise das Gegenstück dazu? Diese Anhänger wurden sicher früher oft gekauft, aber dennoch …

»Antje, wie hieß deine Oma mit Vornamen?«, wollte Janneke von der jungen Frau wissen, als sie sich wieder gefasst hatte.

»Ilse, Ilse Aggen.«

»War Ilse ihr offizieller Vorname?«

Antje schüttelte den Kopf. »Eigentlich hieß sie Elisabeth, aber alle nannten sie Ilse. Warum fragst du das?« Sie wirkte jetzt wütend. »Misch dich doch nicht in meine Sachen ein.«

Janneke ließ nicht locker. »Du kanntest doch den Gast aus dem Nordsee-Hotel, der in einem der Zimmer verstorben ist. Er hieß Leonardo Solano.«

»Ja und? Natürlich kannte ich ihn. Was für eine Frage.«

»Antje, er hatte den gleichen Anhänger. Deine Oma hat ihn sicher gekannt. Er hat sie immer Isabella genannt«, flüsterte sie. »Damit hätte ich nicht gerechnet.«

»Was redest du da für einen Quatsch«, kreischte Antje. »Meine Oma hieß Elisabeth. Ich habe es dir doch eben gesagt.«

Janneke sah Antje an, die jetzt mit verschränkten Armen am Fenster stand und trotzig die Unterlippe vorschob.

»Isabella ist eine italienische Form für Elisabeth. Deine Oma ist … war die Frau, nach der wir die ganze Zeit gesucht haben … Solano hat sie mit dem Kind sitzen lassen … Wie heißt deine Mutter mit Vornamen?«

»Unetta.«

»Er und deine Großmutter kannten sich. Sie hat nie wieder etwas von ihm gehört. Dann kam er nach vielen Jahrzehnten wieder nach Borkum … Hat deine Oma ihn deshalb gehasst?«

»Ja«, schrie Antje. »Sie hat ein paarmal versucht, sich das Leben zu nehmen. Meine Mutter ist wütend auf sie, weil Oma ihr erst vor ein paar Jahren die Wahrheit gesagt hat, dass Henner nicht ihr leiblicher Vater ist. Meine Mutter und Oma haben sich gestritten. Oma war immer depressiv, sie hat nur noch im Hass gelebt und …« Mit beiden Händen bedeckte Antje ihre Augen. »Meine Großmutter hat fast jeden Tag gebetet, dass es ihm schlecht gehen sollte, egal wo er sei. Am liebsten wäre es ihr gewesen, wenn er tot wäre. Ja, genau, das waren ihre Worte. Sie sagte immer, dass sie selbst ein schweres Leben gehabt habe mit viel Angst und Kummer.« Mit ihrem Jackenärmel wischte sich Antje über die Augen. Ihre Wimperntusche hinterließ dunkle Flecken auf ihrer Wange. »Weißt du, was sie beinahe täglich von sich gegeben hat? Sie sagte immer wieder, dass der Hass sie eines Tages noch ganz auffrisst.«

»Sie wollte ihn tot sehen?« Janneke zögerte. »Hat etwa deine Oma …« Janneke schüttelte den Kopf. »Das ist ja Unsinn. Sie kann ihn doch nicht getötet haben, dazu war sie doch viel zu schwach.«

Antje blickte an Janneke vorbei ins Leere und schwieg.

»Nein, das ist unmöglich … Wer könnte denn noch?«, überlegte Janneke weiter. »Deine Mutter? Aber die war doch nicht auf der Insel …«

Die junge Hotelangestellte sagte immer noch nichts. Trotzig sah sie Janneke an.

»Du musst schon mit mir reden«, forderte Janneke die junge Frau auf. »Was ist passiert?«

Antje schwieg weiter.
Janneke musste schlucken. War es etwa möglich; dass …? Es war, als hätte sie eine riesige Faust in der Magengrube getroffen.

***

Es hatte angefangen zu regnen. Der Himmel hatte sich verdunkelt, Regentropfen klatschten ans Fenster und unterbrachen die unheimliche Stille im Zimmer. Janneke saß auf dem Sofa, während Antje unruhig auf und ab lief und kein Wort redete.

»Jetzt setz dich endlich«, forderte Janneke die junge Frau auf. »Das macht einen ja ganz nervös.«

Sie kramte ihr Handy hervor und wählte Fokke Schmidts Telefonnummer.

»Moin Fokke«, murmelte Janneke, als sich der Hotelier meldete. »Ich habe Isabella gefunden.«

»Was hast du?«, rief er erstaunt aus. »Wo bist du?«

Janneke nannte die Adresse. »Es wäre gut, wenn du sofort kommen würdest. Ich weiß nicht genau, was passiert ist.«

»Warte einen Augenblick«, bat sie Schmidt. »Ich nehme mir ein Taxi und bin gleich da.«

Nicht einmal zehn Minuten später klingelte es an der Haustür. Janneke stand auf und öffnete die Haustür.

»Was ist los?«, flüsterte Fokke. »Wohnt hier nicht Antje?«

»Ja«, bestätigte Janneke. »Sie ist hier unten in der Wohnung.«

»Und was ist passiert? Wo ist Isabella?«

»Isabella lebt nicht mehr«, teilte ihm Janneke leise mit. »Ilse … Elisabeth Aggen war Antjes Großmutter.«

»Antjes Oma hieß mit ganzem Namen Elisabeth?«

»Ja. Komm, wir gehen rein.«

Antje saß jetzt am Tisch und spielte nervös mit einem Teeuntersetzer. Sie sah nicht auf, als ihr Chef ins Zimmer kam.

»Antje, wir müssen auf alle Fälle die Polizei informieren«, sagte Janneke und berührte die junge Frau leicht am Arm. »Ich bin mir sicher, du weißt, wie Leonardo Solano gestorben ist?«

Zögerlich nickte die Hotelangestellte.

Janneke setzte sich wieder. »Antje, bevor wir jemanden informieren, kannst du uns vorher erzählen, was genau passiert ist?«

Antje sah kurz auf. »Was soll ich da erzählen?«

»Ein guter Anfang wäre, wenn Sie einfach erzählen, was Ihre Großmutter als junges Mädchen hier auf der Insel gemacht hat«, versuchte Fokke, Antje zum Sprechen zu bewegen.

»Vor ungefähr vier Jahren hat mir meine Oma alles erzählt«, begann Antje zögerlich. »Sie war achtzehn Jahre alt, als sie von Oldersum nach Borkum kam …«

***

Die Musik, die schicken Kleider der Badegäste, all das fand Elisabeth Harms zum Träumen schön. Erst vor ein paar Tagen war sie, die Achtzehnjährige, von Oldersum nach Emden gefahren und von dort mit dem Passagierschiff *Hessen* nach Borkum gereist. Ihr Vater hatte ihr vorsorglich ein Zimmer auf der Insel bei der Witwe Cassens in der Gartenstraße besorgt. Nur schwer konnten sich Elisabeths Eltern daran gewöhnen, dass ihr Töchterchen den Sommer über auf der Insel arbeiten wollte und ihr behütetes Elternhaus verlassen hatte.

In einem Zeitschriften- und Zigarettenladen am Bahnhof fand sie eine erste Anstellung. Ihre Zimmerwirtin achtete auf einen untadeligen Lebenswandel des Mädchens und ermahnte sie stets, sich angemessen zu benehmen und am Abend, wenn sie dem Kurorchester zugehört hatte, pünktlich wieder nach Hause zu kommen.

Abend für Abend lauschte Elisabeth, hinter einem Mauervorsprung verborgen, den Opern- und Operettenmelodien, die das Kurorchester den Sommer über den Badegästen darbot. Zwischen den Stücken alberten die

Musiker miteinander, lachten mit dem Publikum und versprühten eine ungemeine Lebensfreude. Elisabeth war begeistert, denn im ländlichen Ostfriesland in ihrem Heimatort waren solche künstlerischen Darbietungen höchst selten. Ganz besonders der junge Mann mit den pechschwarzen Haaren zog sie in seinen Bann.

Fortan beobachtete das junge Mädchen den schlanken, charismatischen Musiker und träumte davon, ihn näher kennenzulernen. Auch er schien, so bildete sie sich das zumindest ein, hin und wieder einen Blick oder ein verstohlenes Lächeln in ihre Richtung zu schicken.

Als er sie eines Tages nach Beendigung der Aufführung ansprach, war Elisabeth mehr als verlegen. Er sprach mit einem Akzent, der ihr unbekannt war. Er hieße Leonardo Solano, erzählte er, und käme aus Italien.

»Wie heißt du denn?«, wollte er anschließend wissen und sah sie eindringlich mit seinen wunderschönen bernsteinfarbenen Augen an.

»Elisabeth.«

»Elisabeth?« Er lächelte. »Genauso hieß meine Großmutter. Eine wunderbare Frau. Alle haben sie Isabella genannt.«

Elisabeth sah ihn verlegen an.

»Weißt du was?«, rief er, »ich werde dich auch einfach Isabella nennen. Ist dir das recht?«

Das gefiel dem jungen Mädchen ausnehmend gut. Sie hatte plötzlich das Gefühl, aus ihrer provinziellen Haut herausgeschlüpft zu sein. In den Augen des netten Musikers war sie eine andere und konnte deshalb ein ganz anderes Leben führen, ohne die Spießigkeit ihres Elternhauses oder die arglistige Bevormundung ihrer Zimmerwirtin.

Die Konzertgäste verließen nach und nach die Wandelhalle. Sie war der Ansicht, dass es besser wäre, auch lieber zügig nach Hause zu gehen. Leonardo jedoch hielt sie fest und sah sie eindringlich an. Als er sie fragte, ob sie sich am nächsten Nachmittag treffen könnten, versprach sie, sich dies zu überlegen.

In der Nacht machte sie kaum ein Auge zu. Den ganzen nächsten Tag war Elisabeth nervös und verrichtete ihre Arbeit unkonzentriert. Ihre Chefin musste sie zweimal ermahnen. »Ist dir nicht gut?«

»Es geht schon«, murmelte Elisabeth. »Vielleicht könnte ich heute eine Stunde früher gehen? Dann könnte ich mich zu Hause hinlegen und wäre morgen früh bestimmt wieder voll einsatzfähig.«

»Na gut«, meinte die Chefin etwas ungehalten. »Dann lauf los. Aber du gehst jetzt auf dem direkten Weg nach Hause, hörst du?«

Nur mit Mühe konnte das Mädchen seine Freude verbergen und nickte. »Selbstverständlich.«

So schnell sie konnte, rannte sie zur Heimlichen Liebe. Sie erblickte ihn schon von Weitem, wie er lässig an der Hauswand lehnte und rauchte. Als er sie sah, lächelte er und schien sehr erfreut zu sein, sie zu sehen.

Langsam schlenderten sie am Südstrand entlang. Leonardo erzählte von seiner Kindheit in Italien. Eng aneinandergeschmiegt liefen sie zusammen durch den Sand. In einem leeren Strandkorb küsste er sie. Erst zart, dann immer leidenschaftlicher. Elisabeth wehrte sich nicht, schließlich war sie jetzt eine andere und kein schüchternes Mädchen mehr. Er wurde immer fordernder, sie gab nach und verlor in dieser Nacht ihre Unschuld.

Spät in der Nacht trennten sie sich an der Promenade. »Ich möchte nicht, dass meine Zimmerwirtin dich sieht.« Beschwingt lief sie nach Hause und lag mit klopfendem Herzen die ganze Nacht wach. Elisabeth fühlte sich wie eine erwachsene Frau.

Am Abend stand sie wieder in der Wandelhalle und lauschte verträumt der Musik. Leonardo bestand darauf, sie möglichst jeden Tag zu sehen. Sie fuhren zum Ostland, lagen in den Dünen und verbrachten fast ihre gesamte Freizeit miteinander. Dies wurde nur manchmal unterbrochen, wenn Leonardo sich mit seinen Kollegen traf. Abends musste Elisabeths Freund seine Verpflichtungen als Musiker erfüllen. Sie stand wie immer mit geneigtem Kopf und einem seligen Lächeln hinter dem Mauervorsprung und sehnte sich nach ihm.

Elisabeths Chefin sah es nicht gerne, dass ihre Angestellte es mit der Arbeitszeit plötzlich nicht so genau nahm. »Kind, ich weiß nicht, was du im Kopf hast«, meckerte sie, »aber wir sind zum Arbeiten hier. Die Badegäste haben schließlich einen Anspruch darauf, ordentlich bedient zu werden.«

Eine junge Kollegin machte Elisabeth eines Nachmittags, die beiden Mädchen saßen am Strand, darauf aufmerksam, dass ihr italienischer Galan auch anderen Frauen hinterhersah. »Man hat ihn sehr eng mit dieser Kellnerin mit der üppigen Figur aus dem Ostland in der Inselkajüte gesehen.« Sofort begann es in Elisabeths Brust zu brennen.

»Du bist ja eifersüchtig«, neckte ihre Kollegin sie, als sie Elisabeths knallrotes Gesicht sah.

Am Abend machte sie Leonardo eine Szene, die er nach anfänglicher Verharmlosung doch ernst nahm.

»Ich habe mich doch nur einmal mit dieser Frau unterhalten.« Er versprach, es wiedergutzumachen, und schenkte ihr das halbe Herz aus Silber, welches an einem Schlüsselanhänger hing. Stürmisch fiel sie ihm um den Hals. »Ich werde dieses Symbol unserer Liebe nie weggeben, sondern immer behalten.« Sie verbarg das Pfand der Liebe in ihrer Kleidung.

Elisabeth war bei Weitem keine erfahrene Frau, aber sie spürte sofort, dass etwas nicht mit ihr stimmte. »Du siehst furchtbar aus«, bemitleidete ihre Kollegin sie. »Du bist bestimmt krank.«

Ihre Chefin war ganz und gar nicht erfreut, als Elisabeth ihr mitteilte, dass sie mindestens zwei Tage nicht zur Arbeit erscheinen könnte. Der Borkumer Arzt hatte sie nach einer flüchtigen Untersuchung zu einem Facharzt nach Emden überwiesen, der Elisabeths schlimmste Befürchtungen bestätigte. Sie erwartete ein Kind.

Leonardo wusste bestimmt, was zu tun sei, hoffte sie und nahm sich vor, ihm noch am gleichen Tag zu offenbaren, dass er Vater werden würde.

Leider kam es nicht dazu, weil ihn die Kollegen nach Beendigung des Konzerts mit Beschlag belegten. Zu ihrem Entsetzen teilte er ihr zwischen Tür und Angel mit, dass er am nächsten Morgen abreisen müsse, weil sein Vater dringend seine Unterstützung benötigte.

Vielleicht wäre es doch besser, ihm ihren Zustand zu verschweigen, grübelte sie. Sie wollte auf keinen Fall, dass er aus Pflichtgefühl bei ihr bliebe. Sein Vater brauchte ihn. Konnte sie sich dazwischen stellen? Sie war sich sicher, dass er sich dann bestimmt eingeengt fühlte und von ihr Abstand nehmen würde.

Aber am nächsten Morgen am Bahnhof konnte sie nicht anders und sagte ihm die Wahrheit. Er stammelte etwas Unverständliches, versprach dann aber, so schnell wie möglich nach Borkum zurückzukehren. Er stieg in die Inselbahn. Sie versuchte noch, einen Blick auf ihn zu erhaschen, aber er war aus ihrem Sichtfeld verschwunden.

Das junge Mädchen bemühte sich, seinen Verpflichtungen in dem Laden nachzukommen, blieb aber oft einfach morgens deprimiert im Bett liegen.

Elisabeth hoffte und bangte, aber Leonardo meldete sich nicht und kam auch nicht zurück. Schmerzlich wurde ihr bewusst, dass seine Liebesbekundungen nur Schall und Rauch gewesen waren.

Eines Tages hatte Elisabeths Chefin genug und warf sie raus. Zu allem Unglück informierte sie Elisabeths Zimmerwirtin über den unsteten Lebenswandel ihrer ehemaligen Angestellten, sodass auch die Witwe Cassens die werdende Mutter auf die Straße setzte. »In meinem Haus dulde ich niemand, der sich nicht an Regeln hält und den Sinn für pünktliches Arbeiten verloren hat.«

Sie wachte persönlich darüber, dass Elisabeth ihre Kleidung einpackte, den Schlüssel abgab und das Haus endgültig verließ.

In einem Kinderheim fand Elisabeth durch die Fürsprache einer Nachbarin, die sie weinend an der Straßenecke vorfand, noch am gleichen Tag eine Anstellung und konnte dort auch sofort ein Personalzimmer beziehen.

Elisabeth war übel und sie musste sich häufig übergeben. Diese Unpässlichkeit verbarg sie geschickt vor den Kollegen, denn sie konnte sich ausmalen, was geschehen würde, wenn jemand mitbekam, was bei ihr los war.

Zu allem Unglück erfuhr sie bei einem nachmittäglichen Tratsch mit den anderen Mädchen, dass sich Leo in der Vergangenheit doch öfter mit der Kellnerin Rosie aus dem Ostland getroffen hatte. »Ihr könnt mir glauben, den Mann hätte ich auch nicht von der Bettkante geschupst«, verkündete die blonde Britta und lachte lauthals. Elisabeth wünschte sich, ein Loch würde sich auftun und sie könnte darin verschwinden. Die Tatsache, dass man sie nicht direkt in Verbindung mit dem gut aussehenden Südländer brachte, milderte die Sache ein wenig.

Zuerst stufte sie diese Information als Gerücht ein, forschte dann aber nach und erfuhr, dass Rosie ihre Arbeitsstelle gekündigt und die Insel bereits verlassen hatte.

Nachdem sich Leonardo auch Wochen später nicht gemeldet hatte, hatte sie endlich Gewissheit. Rosie und Leonardo hatten gemeinsam das Weite gesucht und lebten irgendwo in Harmonie zusammen.

Elisabeth versuchte vergeblich, von den anderen Musikern des Orchesters Leonardos Adresse zu erfahren. Auch der Mann aus Aachen zuckte nur mit den Schultern.

Ganz fest hatte Elisabeth geglaubt, dass Leonard sein Leben mit ihr verbringen wollte. Sie erinnerte sich im Nachhinein, dass er sich, immer wenn sie ihn nach seinem genauen Heimatort gefragt hatte, stets in anderen Nebensächlichkeiten verloren hatte.

Elisabeth war sich nun ganz sicher, dass er keiner Frau treu sein konnte, und brach ihre Zelte auf der Insel ab. Mit all ihrem Hab und Gut bestieg sie das Schiff, welches sie nach Emden brachte. Von dort aus fuhr sie mit dem Bus zu ihren Eltern nach Oldersum.

***

Ihre Eltern staunten nicht schlecht, als ihre Tochter mit verheulten Augen vor dem Haus stand.

Erst nach drei Wochen, ihre Mutter hatte sich über die Veränderungen am Körper ihrer Tochter gewundert, gestand Elisabeth ein, dass sie schwanger und der Kindsvater nicht greifbar war.

Herr Harms tobte und sprach wochenlang nicht mit seiner Tochter, während seine Frau vor Scham über die voreheliche Mutterschaft ihrer Tochter nur noch mit gesenktem Haupt auf die Straße ging.

Im März des darauffolgenden Jahres heiratete Elisabeth auf Drängen ihrer Eltern Henner Aggen, den Sohn der Nachbarn, der schon immer ein Auge auf die Nachbarstochter geworfen hatte. Dass seine Braut ein Kind von einem anderen erwartete, störte den jungen Mann weniger. Er legte viel mehr Wert darauf, dass Elisabeths Vater sein Versprechen einlöste, dem zukünftigen Schwiegersohn nach erfolgter Eheschließung seinen neuwertigen Mercedes zu überlassen.

Vier Wochen nach der Hochzeit im allerkleinsten Kreis wurde Unetta geboren. Nur mit Mühe konnte sich die junge Mutter mit den Gegebenheiten abfinden. Nachts träumte sie von Leonardo Solano, während sie am Tag mit Wut an ihn dachte. Vielleicht, überlegte sie, wäre es besser, sie würde auf der Insel versuchen, doch noch an Informationen zu kommen, wie sie den Vater ihrer Tochter ausfindig machen konnte.

Als ihre Tochter anderthalb Jahre alt war, setzte Elisabeth alle Hebel in Bewegung und kehrte mit ihrem Ehemann, der auf ihre eindringliche Bitte eine Anstellung bei der Kurverwaltung angenommen hatte, nach Borkum zurück.

So sehr sich Elisabeth bemühte, den Alltag einer Hausfrau und Mutter zu leben, es gelang ihr nicht. Sie hatte das dringende Bedürfnis, Leonardo all ihren Hass und ihre Enttäuschung ins Gesicht zu schleudern.

Reinhard Asmus hatte inzwischen Petje geheiratet und mit ihr eine Pension eröffnet. Sie machte seine Adresse ausfindig und suchte ihn auf, in der Hoffnung, Leonardos Anschrift zu erfahren. Aber der ehemalige Musiker musste sie enttäuschen. Auch ein zweiter Besuch bei dessen Ehefrau brachte keine Klarheit.

Elisabeth haderte mit ihrem Schicksal und versuchte zweimal, mittels Schlaftabletten aus dem Leben zu scheiden.

Ein Unfall ihrer Tochter änderte schließlich alles. Die sechzehnjährige Unetta hatte sich die Hand gebrochen und musste ins Krankenhaus gebracht werden. Durch ein zufällig belauschtes Gespräch zwischen ihren Eltern und dem behandelnden Arzt erfuhr Elisabeths Tochter, dass ihr Vater nicht ihr leiblicher Vater war. Noch am gleichen Tag stellte Unetta ihre Mutter zur Rede.

Nachdem Elisabeth zugegeben hatte, dass dies der Wahrheit entsprach, wurde Unetta wütend. »Du hast mich all die Jahre belogen«, schrie sie. »Wer ist mein Vater?«

Elisabeth hüllte sich in Schweigen. Das Verhältnis zu ihrer Tochter war in den darauffolgenden Jahren nachhaltig getrübt. Und so war sie nicht überrascht, dass ihre Tochter samt Schwiegersohn aufs Festland zog und die inzwischen erwachsene Enkeltochter bei ihrer zunehmend kränklichen Großmutter zurückließ.

## 18. Kapitel

»Es war schwer mit meiner Großmutter«, flüsterte Antje. »Meine Arbeit im Hotel, ihre negative Lebenseinstellung, all das hat mich ziemlich fertiggemacht.«

Janneke hatte in der Küche eine Kanne Tee zubereitet und mit Teetassen und Kluntje in die Stube gebracht. Während ihrer Erzählung war Antje zunehmend lockerer geworden. Janneke hatte den Eindruck, dass jedes Wort, jeder Satz, den sie von sich gab, ihr ein wenig von der Last der letzten Jahre abnahm.

»Als ich Jörg kennenlernte, war alles ein wenig leichter«, fuhr Antje fort, nachdem ihr Janneke eine Tasse Tee hingestellt hatte. »Wir gingen aus, hin und wieder ins Kino oder verbrachten auch mal einen Tag auf dem Festland. Das war machbar, weil ein Pflegedienst sich um Oma kümmerte.«

»Und dann hattest du Streit mit Jörg?«, fragte Janneke nach »Du hast das ja mal erwähnt.«

»Ja, er hat mich massiv unter Druck gesetzt. Er wollte die Insel unbedingt verlassen. Er war der Ansicht, dass man hier früher oder später einen Inselkoller bekommt.«

»Ihr Freund Jörg ist nicht auf der Insel aufgewachsen?«, wollte Fokke Schmidt wissen.

»Nein, er ist vor ein paar Jahren über seine Firma hierhergekommen und hat später als Hausmeister in einer Kurklinik gearbeitet.« Antje trank einen Schluck Tee und atmete tief durch.

»Also, deine Oma, die Arbeit, all das hat dich ziemlich in Beschlag genommen. Das sind viele Dinge, die ein hohes Maß an Verantwortung fordern. Ich kann verstehen, dass dich das alles sehr belastet hat.« Janneke hatte in dieser Beziehung Verständnis für die junge Frau.

»Na ja, wie soll ich das sagen?« Die junge Hotelangestellte biss sich auf die Unterlippe. »Das wäre alles nicht so schlimm gewesen, aber Oma machte es mir auch nicht leicht. Sie war oft unzufrieden, dann war sie wieder total niedergeschlagen …

manchmal konnte ich ihr nichts recht machen. Wenn ich morgens zu ihr runterkam, wusste ich nie, was mich erwartet.«

»Antje, was ist dann passiert?«

Fahrig zog Antje ihre Strickjacke am Hals zusammen, ehe sie anfing zu sprechen. »Ich fühlte mich total überfordert. Eines Tages, es war kurz vor Weihnachten, habe ich es nicht mehr ausgehalten und Oma gefragt, warum sie manchmal so garstig und dann auch wieder furchtbar traurig ist.«

»›Setz dich zu mir, Kind, ich will dir was erzählen‹«, hat sie gesagt und mit der Hand auf ihre Bettdecke geklopft …«

***

Antje kam der Aufforderung ihrer Großmutter nach und setzte sich zu ihr. Ilse Aggen nahm die Hand der jungen Frau und erzählte ihr ausführlich über ihre verlorene Liebe zu einem Mann, der sie schließlich vergessen hatte.

»Ich wollte ihm nicht sagen, dass ich ein Kind erwarte, aber als wir dann am Bahnsteig standen und er im Begriff war, abzureisen, da ist es aus mir herausgeplatzt. Ich habe gemerkt, dass er total überrascht war, aber er hat mir fest versprochen, wiederzukommen. Er ist in den Zug gestiegen und war weg. Ich habe dann lange nichts von ihm gehört. Alle Bemühungen, seine Adresse oder zumindest den Heimatort zu erfahren, liefen ins Leere. Ich glaube, er hatte nie die Absicht, sich zu binden. Während ich hingegen …« Die alte Frau sprach nicht weiter.

»Du warst schwanger«, rief Antje entsetzt. »Wann war das denn?«

»Vor sechzig Jahren. Aber ich …«

»Meine Mutter ist das Kind von einem anderen Mann, nicht von Opa?«

»Du musst das verstehen«, bat die alte Frau ihre aufgebrachte Enkelin, »es war eine Sommerliebe, es hat sich alles so richtig angefühlt. Ich dachte ehrlich, es wäre für immer.«

»Wusste Opa davon?«

Ilse nickte. »Antje, er hat es gewusst, schon als wir geheiratet haben.« Sie stöhnte. »Hol mir doch mal die kleine Holzkiste aus dem Schrank.«

Antje brachte ihr das Gewünschte.

Ilse öffnete das Kästchen und nahm etwas heraus. »Hier.« Die alte Frau hielt den silbernen Schlüsselanhänger mit dem halben Herz in den Händen. »Das hat er mir geschenkt. Er hatte das Gleiche. Es war ein Symbol unserer Liebe. Er hat mir ganz fest versprochen, wiederzukommen.« Hasserfüllt sah sie ihre Enkelin an. »Nur ein eventuelles Wiedersehen hat mich bisher am Leben gehalten. Ich möchte, dass er weiß, wie sehr ich ihn hasse.«

»Oma, das ist doch schon so lange her, kannst du dich nicht damit versöhnen?«

»Nein, das geht nicht.« Die Seniorin schlug auf ihre Bettdecke. »Er hat mein Leben, meine Familie auf dem Gewissen.« Mit zusammengepressten Lippen sah sie an Antje vorbei zum Fenster.

Nach einer Weile umspielte ein Lächeln ihren Mund. »Weißt du, er hat mich immer Isabella genannt, nach seiner Großmutter. Für alle anderen war ich Elisabeth. Später habe ich mich dann Ilse nennen lassen, ich wollte einfach die Vergangenheit komplett hinter mir lassen. Du musst wissen, dass Isabella und Ilse eine Form von Elisabeth sind.«

»Kannte dich denn sonst niemand als Isabella?«

»Eigentlich nur ein Kollege von ihm, der hier auf der Insel geblieben ist, aber in den darauffolgenden Jahren bin ich niemand aus der damaligen Zeit begegnet. Ich hatte ein kleines Kind und war viel zu Hause. Wir sind ja erst wieder nach Borkum gezogen, da war deine Mutter zwei Jahre alt. Opa … mein Mann hat hier eine Stelle bei der Kurverwaltung gefunden. Ich glaube, wenn ich Reinhard, so hieß der Kollege, auf der Insel begegnet wäre, er hätte mich sicher nicht erkannt. Ich war Anfang zwanzig, als er mich zuletzt gesehen hat. In dem Alter verändert man sich rein äußerlich schon sehr.

Wahrscheinlich sind wir beide irgendwann mal aneinander vorbeigelaufen, ohne uns zu erkennen.«

Antje war total verwirrt und konnte das alles nicht verstehen.

In den nächsten Wochen veränderte sich Ilse Aggen zunehmend. Jetzt, da Antje um ihre seelischen Nöte wusste, zögerte die alte Frau nicht, bei jeder Gelegenheit von ihrem verpfuschten Leben zu erzählen. Die inzwischen bettlägerige Seniorin fing an, ihre Enkelin zu drangsalieren und einzuengen. Es war Antje kaum mehr möglich, das Haus zu verlassen, ohne dass ihre Großmutter einen hysterischen Anfall bekam.

Zwei der Pflegerinnen erteilte die Pflegebedürftige Hausverbot, meckerte über das Essen und verweigerte die Medikamenteneinnahme.

»Oma, so geht das nicht weiter. Dein Blutdruck und deine Zuckerwerte sind viel zu hoch«, versuchte die junge Frau an die Vernunft ihrer Großmutter zu appellieren. »Es wird deiner Gesundheit schaden.«

Ilse sah sie nur an. »Da brauchst du keine Angst zu haben. Erst wenn ich mit dem Schwein abgerechnet habe, wird es mir besser gehen.«

Nachts lag Antje schlaflos im Bett und dachte nach. Schließlich besorgte sie sich ein leichtes Beruhigungsmittel aus der Apotheke und hoffte, dass sie ein wenig gelassener würde.

Und dann kam der Tag, an dem sich alles änderte. Antje hatte Spätdienst im Nordsee-Hotel, als ein Gast ins Hotel kam und auf der Treppe stolperte …

## 19. Kapitel

»Oh jee«, rief Maria und zeigte auf die Treppe im Eingangsbereich des Nordsee-Hotels. Antje wandte den Kopf und sah Leonardo Solano auf den Knien liegen. Sofort eilte sie zu dem Gast. »Ist Ihnen etwas passiert?«

»Nein, alles gut. Ich bin nur ein wenig ausgerutscht.« Mit Antjes Hilfe rappelte er sich hoch.

»Warten Sie«, rief Antje, bückte sich und sammelte alle Dinge ein, die Herrn Solano aus der Jackentasche gefallen waren. Ein Gegenstand nahm ihr den Atem. Es war ein Schlüsselanhänger aus Silber mit einem halben Herz. Antje wusste sofort, dass dies kein Zufall war. Sie geleitete den Senior bis zu seiner Zimmertür, während sie ihn prüfend von der Seite ansah. War diese Art von Schlüsselanhänger weit verbreitet oder eher selten? Antje konnte sich kaum auf ihre Arbeit konzentrieren. Sie nahm sich vor, sofort mit ihrer Großmutter darüber zu sprechen.

Am nächsten Morgen fragte sie ihre Großmutter nach dem Namen des Mannes, der sie damals schwanger auf der Insel zurückgelassen hatte. Antje hoffte inständig, dass sie sich irrte. Hatte ihre Großmutter den Namen Solano genannt, als sie ihr ihre Geschichte erzählt hatte? Antje wusste es nicht mehr genau.

»Warum willst du das denn wissen? Ich habe dir doch schon alles erzählt.«

»Sag mir doch einfach, wie sein Name lautet«, bohrte Antje weiter.

Ilse stöhnte auf. »Lass mich doch in Ruhe.«

»Du hast den Namen ja schon einmal erwähnt. Ich will nur ganz sichergehen. War sein Name Leonardo Solano?«, wollte ihre Enkelin wissen.

»Ja, so hieß er«, zischte die alte Frau. »Reicht das jetzt?«

Es traf Antje wie ein Schlag. Der Mann im Hotel war tatsächlich der Mann, der ihre Großmutter schwanger auf der

Insel zurückgelassen hatte. »Warum hast du nicht früher mit uns darüber gesprochen? Weiß Mama davon?«

»Antje, können wir nicht morgen darüber reden?« Ilse hatte sich aufrecht gesetzt. »Deine Mutter war böse mit mir«, sprudelte es auf einmal aus ihr heraus, »weil ich ihr erst später reinen Wein eingeschenkt habe. Sie hat es durch Zufall erfahren, dass mein Mann nicht ihr leiblicher Vater ist.«

Ohne zu antworten, holte Antje die Holzkiste und nahm den Schlüsselanhänger heraus. Es gab keinen Zweifel, dies musste das Gegenstück sein.

»Was machst du denn da?«

»Ich habe mir nur noch mal den Anhänger angesehen.«

»Warum?« Elise war misstrauisch. »Steck das Ding weg. Ich will das nicht mehr sehen.«

»Er ist bei uns im Hotel«, platzte es aus Antje heraus.

»Du lügst!«

»Ich könnte ein Foto machen, damit du ihn siehst.«

Der Aufschrei ihrer Großmutter traf Antje ganz unvermittelt. »Wie soll ich ihn erkennen?«, rief Ilse außer sich. »Das ist jetzt ein alter Mann. Damals war er so jung und gut aussehend. Du musst ihm sagen, dass er verschwinden soll. Was will er hier?«

»Willst du ihn nicht sehen?«

»Nein!«

»Er sucht dich bestimmt, warum sollte er sonst hierhergekommen sein?«

»Es ist zu spät, viel zu spät«, schrie Antjes Großmutter und schlug mit beiden Händen auf ihre Bettdecke. »Er soll verschwinden, ich will ihn nicht sehen.« Matt ließ sie sich zurückfallen. »Ich wünsche mir nur, dass er tot ist, erst dann ist alles gut.«

Ilse Aggen schnappte plötzlich nach Luft. Panisch nahm Antje das Telefon und rief den Hausarzt an, der binnen zehn Minuten bei seiner Patientin war. Er verabreichte ihr ein Beruhigungsmittel und ermahnte Antje, dafür zu sorgen, dass sich ihre Großmutter nicht so aufregte.

Antje beschloss, etwas zu unternehmen. Sie musste unbedingt dafür sorgen, dass ihre Oma wieder Lebensmut bekam. Sollte sie ihr erzählen, dass er gestorben sei? Ein Unglück erfinden oder eine Krankheit? Antje war hin- und hergerissen und begann nach ein paar Tagen, den Mann, der der Verursacher allen Übels war, ebenfalls zu hassen. Er war schuld, dass ihre Mutter sich abgewendet hatte, dass sie jetzt alleine dastand und mit einer unberechenbaren und kranken Großmutter zurückgeblieben war. Er war der Grund, dass ihre Oma ihr ganzes Leben unglücklich gewesen war.

Ich muss mit ihm reden, nahm sich Antje vor und folgte ihm mehrmals, als er zum Essen ein Lokal aufsuchte. Sie wartete so lange, bis er die Gaststätte wieder verließ, und folgte ihm zum Hotel. Ich muss mit ihm sprechen! Ja, ich muss ihn zur Rede stellen, hämmerte es in Antjes Kopf, während sie in angemessenem Abstand hinter ihm die Bismarckstraße entlanglief.

Ilse Aggen war immer noch ganz außer sich. Alle Dinge, die sie erfolgreich ganz unten in ihrem Gedächtnis verwahrt hatte, drängten wie ein Tsunami nach oben. Antje wusste überhaupt nicht mehr, wie sie mit ihr umgehen sollte. Dazu kamen die ständigen Auseinandersetzungen mit Jörg. Sie war am Ende.

Um wenigstens mit ihrem Freund wieder ins Reine zu kommen, bestellte sie im Internet für Jörgs Geburtstag für dessen Sammlung ein Stilett aus dem siebzehnten Jahrhundert. Ihr Freund schwärmte für mittelalterliche Dolche, und Antje hoffte inständig, dass ihn dieses Geschenk ein wenig milder stimmen würde. Vor Dienstbeginn holte sie das Paket bei der Post ab, verpackte das Stilett in Geschenkpapier und steckte es in ihren Rucksack. Sie nahm sich vor, Jörg am Abend beim geplanten Essen beim Griechen damit zu überraschen.

Entsetzt musste Antje später im Lokal erfahren, dass Jörg keinesfalls die Absicht hatte, seine Pläne aufzugeben. Mit Nachdruck hatte er sie gebeten, das Geschenk zu behalten. Er sprang auf und ließ sie alleine zurück.

Völlig perplex zahlte Antje die Rechnung, verließ die Gaststätte und setzte sich am Bahnhof auf eine Bank.

Alles war kaputt, nichts war mehr so wie früher. Wo sollte sie anfangen, da wieder Ordnung hereinzubringen? Sie war erbost auf ihre Großmutter und Jörg, zornig auf ihre Mutter und wütend auf sich selbst.

Nur undeutlich nahm sie in der Dunkelheit Leonardo Solano wahr, der gemächlich die Schienen der Borkumer Kleinbahn überquerte und den Weg zum Nordsee-Hotel einschlug. Antje sprang auf und folgte ihm.

An der Ecke zur Goethestraße angekommen, sprach sie ihn an. »Hallo Herr Solano, kann ich Sie mal sprechen.« Er hielt an und drehte sich um. »Wer sind Sie?«

»Entschuldigung, ich möchte … es geht um …« Antje stockte. Was wollte sie ihm sagen?

Solano wandte sich wieder zum Gehen. »Lassen Sie uns morgen darüber reden. Es ist spät.«

»Ja, es ist zu spät«, zischte Antje und merkte, wie die Wut in ihr hochkroch. »Warten Sie doch, es ist wichtig.«

Solano ging ungerührt weiter. »Ich sagte doch, ich bin müde.«

Diese Abweisung steigerte noch ihre Wut. Sie öffnete den Rucksack, nahm Jörgs Geschenk heraus. Mit den Zähnen entfernte sie das Papier, machte zwei unsichere Schritte nach vorne und stach die Spitze des Stiletts in Solanos Schulter, in der Hoffnung, dass er ihr jetzt die nötige Aufmerksamkeit schenken würde.

Abrupt blieb er endlich stehen und fasste sich an die Schulter. »Was soll das?« Er lehnte sich ermattet an eine Schaufensterscheibe und verzerrte das Gesicht.

Da Antje wortlos stehen blieb, schüttelte er missbilligend den Kopf. »Das wird Konsequenzen haben«, sagte er, straffte sich und ging aufrecht weiter.

Den Stich hatte Antje doch heftiger ausgeführt, als sie es vorgehabt hatte. Hoffentlich habe ich ihn nicht ernsthaft verletzt, dachte sie. Sie war froh, dass sie sich nicht im hellen Licht aufgehalten hatte. Vielleicht hatte er sie gar nicht erkannt? Schlimm konnte der Stich ja nicht sein, denn sonst wäre er ja nicht einfach weitergelaufen, beruhigte sie sich selbst. Wahrscheinlich nur ein Kratzer.

Entmutigt lief Antje nach Hause und schämte sich, dass sie sich dazu hatte hinreißen lassen.

Am nächsten Morgen, als Inka die Treppe heruntergestürzt kam und Hilfe holen wollte, ahnte Antje, was geschehen war. Erst nach und nach verstand sie, dass sie dafür verantwortlich war.

***

»Weißt du, was du da sagst?« Janneke ging auf Antje zu, nahm sie an den Schultern und schüttelte sie heftig. »Antje, du hast deinen eigenen Großvater umgebracht!«

»Ja, ich weiß«, flüsterte die junge Frau und fing an zu weinen.

»Hast du deiner Großmutter davon erzählt?«

Antje nickte. »Ich habe es ihr zwei Tage nach dem Ereignis gestanden. Ich konnte es kaum glauben, aber von dieser Sekunde an war meine Oma wie ausgewechselt.« Mit zitternden Händen nahm sie ihre Teetasse und führte sie zum Mund. »Sie war so fröhlich, so lebensbejahend. Du hast sie ja erlebt. Eine zufriedene Frau war sie. Sie muss den Mann wirklich sehr gehasst haben.«

Janneke sah Fokke an, der bereits sein Telefon gezückt hatte. »Antje, wo hast du das Stilett gelassen?«

»Es ist weg. Ich bin zum Hafen gefahren und habe es ins Wasser geworfen.«

Schmidt sprach indessen mit jemandem am Telefon und drückte anschließend auf die rote Taste. »Kalle Bakker ist gleich da«, informierte er Janneke, stand auf und ging nach draußen, um vor dem Haus auf die Polizei zu warten.

***

Janneke stellte ihr Gepäck an der Rezeption ab und lief zum Büro des Hoteliers.

»Komm rein, Janneke«, rief Fokke, nachdem Janneke geklopft hatte.

»Woher hast du gewusst, dass ich es bin?«

»Ich habe es geahnt«, lächelte er. »Schade, dass du schon abreist. Es war eine schöne Zeit mit dir bei unserer Suche nach Isabella.« Ihm gefiel die quirlige junge Frau. »Und letztendlich haben wir sie sogar gefunden. Nie hätte ich vermutet, dass eine so traurige Geschichte dahintersteckt.«

»Mir tut Antje wirklich leid«, seufzte Janneke, »aber der Tod von Leonardo Solano ist jetzt aufgeklärt.«

»Es gibt also nichts mehr zu tun.« Er nahm einen Flyer vom Schreibtisch. »Die sind heute Morgen gekommen. Sieht wirklich gut aus.«

Sie nahm das Papier entgegen. »Ja, er gefällt mir auch. Kann ich den behalten?«

»Natürlich.«

Janneke verstaute den Flyer in ihrer Handtasche. »Weißt du, wie es Antje geht?«

Fokke nickte. »Heute Morgen habe ich deshalb bei Kalle Bakker angerufen. Antje hat die Nacht auf der Polizeistation verbracht. Ihre Freundin hat ihr noch gestern Abend ein paar persönliche Sachen eingepackt und vorbeigebracht. Und heute Morgen hat man sie zum Festland gebracht.«

Nachdenklich lehnte sich Janneke an Fokkes Schreibtisch. »Nach allem, was Antje uns erzählt hat, kann man eigentlich davon ausgehen, dass sie die Tat nicht geplant hat und auch keine Tötungsabsicht vorlag.« Sie war sich zu hundert Prozent sicher, dass Antje zu keiner Zeit die wirkliche Absicht gehabt hatte, Solano zu töten. »Ich hoffe, dass das bei dem Strafmaß berücksichtigt wird.«

»Wir drücken ihr die Daumen«, sagte der Hotelier. »Ihre Kollegen sind ganz durcheinander. Dass Antje so etwas getan hat … das können sie immer noch nicht fassen.«

»Sie ist so eine nette junge Frau, ich habe mich gut mit ihr verstanden.« Janneke umklammerte den Tragegriff ihrer Tasche und reichte Fokke die Hand. »Ich laufe mal los. Der Zug fährt gleich zum Hafen.«

»Aber zu unserer Jubiläumsfeier kommst du doch?«

»Auf alle Fälle«, versprach sie, »mein Onkel freut sich schon.«

»Na dann. Komm gut nach Hause«, sagte Schmidt zum Abschied und geleitete Janneke zur Tür.

***

»Und was wird jetzt mit deiner jungen Kollegin geschehen?« Hinrich Hoogestraat stand einen Tag später an seinem häuslichen Herd in Amdorf und wendete einen Apfelpfannkuchen, der goldbraun in der Pfanne brutzelte.

Janneke saß mit angezogenen Beinen auf dem Küchensofa. »Das wird ein Gericht entscheiden müssen. Der Pflegedienst, der Frau Aggen betreut hat, hat bestätigt, was Antje erzählt hat. Frau Aggen war oft sehr aggressiv und fordernd. Aber plötzlich, von einem Tag zum anderen, war sie wie ausgewechselt. Freundlich und gut gelaunt. Fokke Schmidt hat mich gestern Abend angerufen. Er erzählte, dass Antjes Mutter sich sehr um ihre Tochter bemüht und ihr beisteht.«

»Warum gelangen die Menschen, in diesem Fall die Mutter der jungen Frau, immer erst zu der richtigen Erkenntnis, wenn das Kind schon in den Brunnen gefallen ist?«, philosophierte Hinrich und nahm die Pfanne vom Herd. »Vielleicht wäre das alles nicht geschehen, wenn die Enkelin von Frau Aggen sich nicht so alleine gelassen gefühlt hätte.«

»Ja, das glaube ich auch«, antwortete Janneke und hielt ihrem Onkel den Teller hin. »Es ist so wichtig, dass man in einer Familie aufeinander achtet.«

Hinrich lächelte Janneke an und ließ die goldgelbe Köstlichkeit auf den Teller seiner Nichte gleiten.

## Ostfrieslandkrimi-Empfehlungen des Klarant Verlages

In der Ostfrieslandkrimi-Serie **»Janneke Hoogestraat ermittelt«** von Ele Wolff sind bereits folgende spannende Krimis als Taschenbuch und eBook erschienen:

**»Friesenhuus«, Band 1**
**Taschenbuch ISBN: 978-3-95573-494-7**
**eBook ISBN: 978-3-95573-495-4**

Alles, was in Ostfriesland Rang und Namen hat, befindet sich im Hotel Friesenhuus in Leer, denn der bekannte Schmuck-Unternehmer Habbo Hohboom feiert seinen Fünfundsechzigsten. Doch während der Feier verschwindet sein Sohn Peter spurlos, und schon bald wird die Befürchtung zur Gewissheit: Der Juniorchef wurde entführt.
Die junge Krimi-Schriftstellerin Janneke Hoogestraat, die gerade im Friesenhuus einen Werbejob angenommen hat, ist vor Ort und voll in ihrem Element ganz ungefragt ermittelt sie kräftig mit. Schnell wird klar, die Familie und das Unternehmen Hohboom sind geprägt von Streit und Machenschaften. Und so weigert sich der Schmuck-Millionär, das Lösegeld zu zahlen, denn er glaubt, sein Sohn habe die Entführung nur inszeniert. Die Katastrophe nimmt ihren Lauf ...

**»Eisige Gier«, Band 2**
**Taschenbuch-ISBN: 978-3-95573-616-3**
**eBook-ISBN: 978-3-95573-617-0**

**»Mörderischer Nebel«, Band 3**
**Taschenbuch-ISBN: 978-3-95573-738-2**
**eBook-ISBN: 978-3-95573-739-9**

**»Die Toten von Spiekeroog«, Band 4**
**Taschenbuch-ISBN: 978-3-95573-836-5**
**eBook-ISBN: 978-3-95573-837-2**

**»Greetsieler Mühlenmord«, Band 5**
**Taschenbuch-ISBN: 978-3-95573-917-1**
**eBook-ISBN: 978-3-95573-918-8**

**»Mord mit Deichblick«, Band 6**
**Taschenbuch-ISBN: 978-3-95573-990-4**
**eBook-ISBN: 978-3-95573-991-1**

**»Der Wattlooper von Harlesiel«, Band 7**
**Taschenbuch-ISBN: 978-3-96586-111-4**
**eBook-ISBN: 978-3-96586-110-7**

**»Ebbe und Wut«, Band 8**
**Taschenbuch-ISBN: 978-3-96586-206-7**
**eBook-ISBN: 978-3-96586-207-4**

Die Ostfrieslandkrimis von Ele Wolff können unabhängig voneinander gelesen werden.

**Klarant Verlag**

Lernen Sie die Ostfrieslandkrimi-Titel des Klarant Verlages kennen und besuchen Sie uns im Internet unter:

**www.ostfrieslandkrimi.de**

**und**

**www.klarant.de**

Sie können dort Näheres über unsere Autoren erfahren, viele weitere interessante Bücher und eBooks finden und Leseproben herunterladen. Mit dem kostenlosen Newsletter erhalten Sie aktuelle Informationen rund um das Verlagsprogramm, wie beispielsweise spannende Neuerscheinungen und Gewinnspiele.